my sis's
algorithm
reasoning

ナゾノベル

引《ひ》きこもり姉《ねえ》ちゃんの
アルゴリズム推理《すいり》

著　井上真偽
絵　くろでこ

朝日新聞出版

アルゴリズムって、なんだろう？
なんだかとっても難《むずか》しくて、
自分とは遠くはなれた、つまらなそうなもの？
オレも、最初《さいしょ》はそう思ってた。
でも意外と、そうじゃないかもしれないよ。
なぜって——。

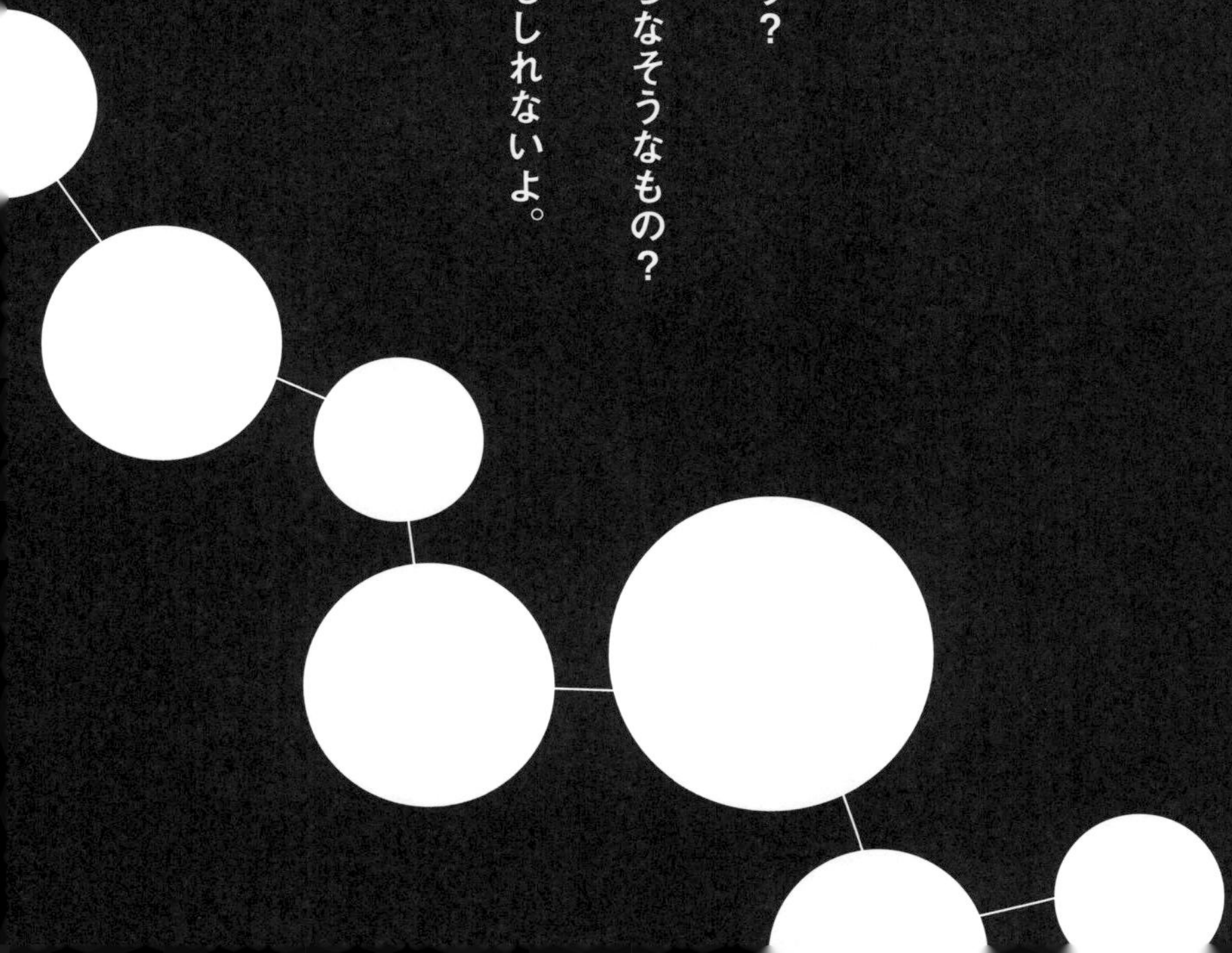

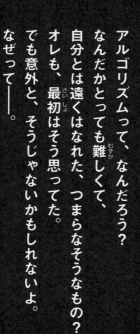

もくじ

登場人物

オレ（マモル）
綿引真守《わたひきまもる》

小学六年生の、ごくふつうの男子。
変《か》わり者の姉ちゃんに、
なぜか頼《たよ》りにされている。

姉ちゃんのアバター

姉ちゃんがスマホ越《こ》しに
人と話すときに使うアバター。

姉ちゃん
綿引古文里《わたひきこもり》

もう何年も引きこもってるオレの姉ちゃん。
人嫌《ひとぎら》いで風呂《ふろ》にもめったに入らない。
プログラミングの才能《さいのう》があるらしい。

マモルのクラスメート

キレイ
雨《あめ》洗《あらい》紀《き》礼《れい》

極端《きょくたん》なきれい好《ず》き。掃除《そうじ》が趣味《しゅみ》。

食後はしっかり歯みがき。

ソータ
相《あい》田《だ》奏《そう》太《た》

マモルの幼稚園《ようちえん》時代からの親友。

サッカーが得意《とくい》で、女子にモテる。

ねね
遊《ゆ》月《づき》ねね

クラスで一番人気の女の子。

いつもポワンと笑《わら》っている。

アンリ
与《よう》喜《き》屋《や》アンリ

すごく陽気で明るい子。

スポーツ好《ず》きで友達《ともだち》が多い。

サナ
富《ふ》安《あん》田《だ》佐《さ》那《な》

転校してきたばかりの、おとなしい子。

心配性《しんぱいしょう》で、不安《ふあん》になりがち。

第一話　「ストリーム・アルゴリズム」

みんな、風呂《ふろ》ってどのくらい入る？

オレは毎日。クラスメートもだいたいそんな感じ。親友の奏太《そうた》はたまに面倒《めんどう》くさがってサボるけど、それも二日が限界《げんかい》だって。ソータの大学生の姉ちゃんは、休みの日は五回くらいシャワー浴《あ》びてるっていうし。水が嫌《きら》いなうちの猫《ねこ》のアンコだって、ときどきお母さんに無理《むり》やり洗《あら》われてる。

でも世の中には、意地でも風呂《ふろ》に入らないヤツがいて——。


うちの二階には「開《あ》かずの部屋」がある。

開かず、っていうか、開けたら怒《おこ》られるだけだけど。昼間、そこのドアが開くことはめったになくて、月に二回も開けばいいほう。夜中や朝早くにはちょこちょこ開いてるみたいだけど、その時間にはオレはいつも寝《ね》てるから、知らない。

だから、オレもその日は油断《ゆだん》してた。その日、オレはいつも通り学校から帰ってくると、まずは手洗《てあら》いうがいをすませた。それから二階に上がって、頼《たの》まれてた買い物の袋《ふくろ》を「開かずの部屋」の前に置《お》こうとする（朝起きると、たまにリビングのテーブルに頼《たの》みごとを書いた「クエスト依頼書《いらいしょ》」が置《お》いてあることがある。お使いは面倒《めんどう》だけど、そのぶん「クエスト報酬《ほうしゅう》」がもらえるから、悪くはない）。

　すると。

「うっきゃあー！」

　サルみたいな声がして、いきなりバン！ってドアが開いた。

「嘘《うそ》、嘘《うそ》、やったあ！『ラストエデン《ラスエデ》』のＳＳＲ《エスエスアール》キャラ（＊1）ライゼちゃんをゲットしたー！……って、どうした、真守《まもる》！こんな廊下《ろうか》で行《ゆ》き倒《だお》れて？」

　オレは涙目《なみだめ》で鼻をさすりながら、出てきた相手をにらみつける。

「急にドア、開けんな！」

「あ、なんだ〜。ドアにぶつかって、転がってただけか。ごめんご、ごめんご。わっりー」

　綿引古文里《わたひきこもり》。

　もう何年も引きこもってる、オレの姉ちゃん。

＊1「ＳＳＲ《エスエスアール》」キャラ…主にソーシャルゲームで、「めったに手に入らない、特別なキャラクター」を指す。Ｓ《エス》ＳＲ《エスアール》は、スーパー・スペシャル・レア（Super Special Rare）の頭文字を取ったもの。

運動もしないのにいつも赤いジャージを着ていて、伸《の》ばしっぱなしの髪《かみ》を、前髪《まえがみ》だけチョウチンアンコウみたいに結《むす》んでいる。姉ちゃんは「ごめんご」と繰《く》り返《かえ》しつつ（姉ちゃんのごめんは「ご」が多い）、オレの頭をなでようと近づいてきた。そのとたん、もわっと変《へん》なにおいがして、オレはウゲッと鼻をつまむ。

「姉ちゃん、クセえ！」

「え、そうか？」。くん、と自分の腕《うで》のにおいをかいで、「まだだいじょうぶだろ」

ぜんぜん、だいじょうぶじゃないよ！

「ヤバいよ、姉ちゃん！　姉ちゃんの体から、カブトムシみたいなにおいがしてるよ！」

「えへへ」。姉ちゃんはうれしそうに、「よかったな。ガキは好《す》きだろ。カブトムシ」

「そりゃあ、カブトムシは好《す》きだよ！　でも姉ちゃんは、カブトムシじゃないじゃん！　ヒトじゃん！　入れよ、風呂《ふろ》！」

「やーなこった」

姉ちゃんはアッカンベーをしつつ、ぺんぺんと尻《しり》をたたいて、腰振《こしふ》りダンスを踊《おど》る。

……引きこもりのクセに、なんでこんな明るいんだ？

姉ちゃんがなんで引きこもってるのかは、知らない。今オレは小学六年生だけど、オレが二年生のときから、もう姉ちゃんは引きこもってたから。すでに高校生くらいの歳《とし》らしいけど、いつも部屋でパソコンをカチャカチャやっていて、高校どころかコンビニにもろくに行こうとしない。

お金はなんか、プログラミング……？とかいうことをして、稼《かせ》いでいるらしいけど。まあ、それはいいんだ。姉ちゃんの勝手だから。オレががまんならないのは、姉ちゃんがなかなか風呂《ふろ》に入らないってこと。今日もひさしぶりに顔を見たけど、物置《ものおき》を探検《たんけん》してきたアンコよりほこりっぽくて、見ているこっちがかゆくなりそう。髪《かみ》の毛《け》はなんだかギトギトしてるし。

「まあ、ひさびさに姉弟《きょうだい》出会えたことだし、ちょっと寄《よ》ってけや。近況報告会《きんきょうほうこくかい》でもしようぜ」

姉ちゃんがめずらしく、オレを部屋に入れようとした。っていうかオレたち、ずっと同じ家に住んでるんだけど。

姉ちゃんと特《とく》に話したいこともなかったけど、「開かずの部屋」に少し興味《きょうみ》があったから、オレは素直《すなお》にしたがった。けれど、部屋に一歩入ったとたん、床《ゆか》に落ちてたコンビニの袋《ふくろ》がガサッと動いて、オレはヒッと足を引っこめる。

今の……黒いのって、まさか……。

「姉ちゃん。この部屋、なんかいる！」

「あったかくなってきたからなあ。そろそろお客さんかな～」

思い出した。そういえば姉ちゃんは、ゴ◯◯リのことを「お客さん」と呼《よ》ぶ。

オレはくるりと向きを変《か》えた。うげえ、もう無理《むり》。こんなゴミ屋敷《やしき》、とっとと退散《たいさん》、退《たい》散《さん》！

「おっと、待てよ」

姉ちゃんにT《ティー》シャツのえりをつかまれて、のどがぐえっとなる。

「マモル。お前、なんか隠《かく》し事《ごと》してないか？　妙《みょう》に元気ないし、服に泥《どろ》みたいなのもついてるし……」

オレは、ギクリとする。

なんでわかったんだろう。ふだん、ろくに話もしないのに。

でも、引きこもりの姉ちゃんに相談してもな……と、オレがグズグズ迷《まよ》っていると、姉ちゃんが怖《こわ》い顔で言った。

「イジメか？　あのキレイとかいうういけすかねえボンボンに、何かいやがらせでもされたか？　なら仕返しに、アイツの個人情報《こじんじょうほう》をネットにさらして――」

「わー、ちがう、ちがう！」

オレはパソコンに向かおうとする姉ちゃんを引っぱって止めた。本当にやりそうだから、姉ちゃんは怖《こわ》い。

「じゃあ、なんなんだよ？」

オレはため息をついた。どうしよう。人嫌《ひとぎら》いの姉ちゃんに話しても無駄《むだ》な気《き》がするけど、ほっとくと何しでかすかわからないしなあ……。

そもそもオレは、今の姉ちゃんのことをよく知らない。昔はよくいっしょに遊んでくれて、やさしくて自慢《じまん》の姉ちゃんだと思ったこともあったけど。今はなんて言うか、うちの二階に隠《かく》れすむ妖怪《ようかい》というか、ないしょで飼《か》っている謎《なぞ》の宇宙《うちゅう》生命体というか……。

でも、と、オレは思い直す。もしかしたら、これは姉ちゃんの引きこもりを直すチャンスかも。姉ちゃんはプログラミングができるくらい賢《かしこ》いみたいだし、もしこれで姉ちゃんがこの事件《じけん》を解決《かいけつ》したら、困《こま》っている人も助かるし姉ちゃんも自信《じしん》がつくしで、イッセキニチョウだ。

オレはそう考えて、話すことにした。

「……姉ちゃんは、『赤手《あかで》の呪《のろ》い』って知ってる？」


オレの町には、「赤手神社」って神社がある。

長い階段《かいだん》と暗い森に囲《かこ》まれた、昼でも不気味《ぶきみ》な神社。

だけど本当に不気味《ぶきみ》なのは、そこの伝説《でんせつ》。その神社には昔、心やさしい巫女《みこ》がいた。その巫女《みこ》は薬にも詳《くわ》しくて、村の病人を神社に連《つ》れてきては、看病《かんびょう》してあげていたという。

そんな巫女《みこ》のことを、一人の悪い男が好《す》きになった。

男は巫女《みこ》と仲良《なかよ》くなるため、病気のふりをして巫女《みこ》に近づき、神社で看病《かんびょう》を受けていた。

けれどその嘘《うそ》はすぐにバレて、男は巫女《みこ》に出ていけと言われてしまう。

カッとなった男は――落ちていた鎌《かま》で、巫女《みこ》を殺《ころ》してしまった。

しかし巫女《みこ》はすぐには死ななかった。男が鎌《かま》を引《ひ》き抜《ぬ》こうとすると、死んだと思っていた巫女《みこ》が急に眼《め》を見開き、血まみれの手で男の腕《うで》をつかんで、恨《うら》みに満《み》ちた声でこう言ったという。

――我《わ》が恨《うら》みの血に……呪《のろ》い殺《ころ》されよ。

男が巫女《みこ》の手を振《ふ》りほどくと、そこには赤い手のあとがくっきりとついていた。

男は怖《こわ》くなって逃《に》げたが、その手形は洗《あら》っても洗《あら》っても落ちなかった。それどころか体中に広がり、男はついにおかしくなって死んでしまった。

それ以来《いらい》、村で体に赤い手形が浮《う》かんだものは、まもなく命を落とすようになった。村人はそれを巫女《みこ》のたたりだと恐《おそ》れ、巫女《みこ》を神社にまつり、その怒《いか》りをしずめたという――。

「へえ。それが『赤手の呪《のろ》い』か。名前は知ってたけど、ちゃんと聞いたのは初《はじ》めてだぜ」

姉ちゃんがジャージの下に手を入れて、腹《はら》をボリボリかきながら言う。姉ちゃんは生きた人は怖《こわ》がるけど、怪談《かいだん》は平気みたい。

「で、それがなんなんだよ？」

「だから、呪《のろ》われちゃったんだよ」

「え？　マモルが？」

「うん」。オレは首を振《ふ》る。「ねねちゃん」

ねねちゃんは、オレのクラスメート。

遊月《ゆづき》ねねって名前で、色白で髪《かみ》がふわふわ、いつもポワンと笑《わら》っている、クラスでも一番人気のかわいい子。

おまけにゲーム好《ず》きだから、オレもソータも気が合って、よくいっしょに遊んでいる。っていうか、ねねちゃんがソータのことをいつも誘《さそ》って、オレはそのついで、って感じだけど。

そのねねちゃんが、呪《のろ》われてしまったんだ。

赤手神社にはもう一つ、昔から伝《つた》わっているものがある。

それは、**《赤手の呪《のろ》いの儀式《ぎしき》》**。

やり方は簡単《かんたん》で、赤い紙に呪《のろ》いたい相手の名前を書いて、神社に一晩《ひとばん》置《お》いておくだけ。呪《のろ》いが成功《せいこう》すると、相手の体に赤いあざが浮《う》かんで、熱《ねつ》が出て死んじゃうんだって。

おとといの火曜日、六月十四日のこと。朝、学校でオレがソータとふざけてると、キレイ(雨洗紀礼《あめあらいきれい》というのが本名)が興奮《こうふん》しながら教室に入ってきた。手に赤い紙を持って、「神社で見つけた」とさけんでいる。

それでオレたちはピンときて、キレイのまわりに集まった。呪《のろ》いの儀式《ぎしき》は知っていたけど、本物を見るのは初《はじ》めてだったからだ(ちなみにキレイは街《まち》を清掃《せいそう》するボランティアグループに入っていて、それでその朝は神社を掃除《そうじ》していたらしい)。

けれど紙に書かれた名前を見た瞬間《しゅんかん》、みんな黙《だま》ってしまった。

そこに、ねねちゃんが登校してきた。オレたちはあわてて赤い紙を隠《かく》したけど、時遅《ときおそ》し。

廊下《ろうか》で声が聞こえてたみたいで、ねねちゃんはめざとく紙を見つけて、聞いてくる。

——わあ、それが《赤手の呪《のろ》い》の紙？　ねねにも見せてよ。

——あ、いや……。

オレたちはみんな、止めようとした。けれどねねちゃんはすばやくキレイの手から紙を奪《うば》って、ぺらりと裏返《うらがえ》してしまう。


——**きゃあああああ！**


そこで悲鳴を上げて、倒《たお》れてしまった。

なぜならそこには、ねねちゃんの名前が書いてあったから。オレたちは急いで先生を呼《よ》んで、すぐにねねちゃんは保健室《ほけんしつ》に運ばれていったけど、それっきり。ねねちゃんはずっと学校を休んだまま。

そのねねちゃんが倒《たお》れた火曜日の帰り道、ソータが言った。

——ねねもビビりだよなあ。あんなの信《しん》じちまうなんて。呪《のろ》いなんてあるわけねえじゃ

ん。

——う、うん……。

オレはうなずいたけど、でも、確《たし》かに見たんだ。

ねねちゃんが運ばれていくとき、腕《うで》に、くっきり赤い手のあとが浮《う》かんでいるのを。

「ふーん……」

姉ちゃんはベッドの上であぐらをかいて、腕《うで》を組んだ。

「……姉ちゃんは、呪《のろ》いって信《しん》じる？」

「いや。アタシは現実派《げんじつは》だからな。呪《のろ》いのせいっていうより、たぶんねねちゃんは単純《たんじゅん》に自分が呪《のろ》われたのがショックで、寝《ね》こんじゃったんじゃないか。『病は気から』ってな」

「じゃあ、手のあとは？」

「そいつは、そうだな。たとえば——」

姉ちゃんがオレの腕《うで》をつかんで、ぎゅっと握《にぎ》る。うえっ。姉ちゃん、最後《さいご》に手を洗《あら》ったのはいつだ？

姉ちゃんが手をはなすと、オレの腕《うで》に赤い手のあとがついた。

「こうすりゃ、簡単《かんたん》につく。ねねちゃんが倒《たお》れたとき、きっとみんなで駆《か》け寄《よ》ったりしたろ？　そのどさくさにまぎれて、だれかが腕《うで》をつかんだんだ」

「じゃあ、クラスのだれかが、呪《のろ》いっぽく見せかけたってこと？」

「たぶんな。赤紙を置《お》いたのも、きっとそいつだ」

呪《のろ》いじゃないんだ。オレは少しホッとする。でも同時に、だんだん腹《はら》が立ってきた。そんなふうに人をだまそうとするなんて、最低《さいてい》だ。

「なあ、姉ちゃん。オレ、その呪《のろ》いをかけたやつを、見つけてやりたい」

ねねちゃんは、もう二日も学校を休んでいる。呪《のろ》いが嘘《うそ》でも、それでねねちゃんが苦しんでいるのは、本当だ。

「そうか。がんばれ」

すると姉ちゃんが、布団《ふとん》にもぞもぞ潜《もぐ》り始めた。あれ？　助けてくれないの？

「あのな、マモル……姉ちゃんは、苦手なんだよ。そういうドロドロした人間関係《かんけい》は。呪《のろ》いに見せかけていやがらせするなんて、ぜったい陰険《いんけん》なヤツのしわざじゃん」

「じゃあなんで、オレの悩《なや》みなんか聞いたの？」

「それは、マモルが困《こま》ってると思ったから……。でもこの事件《じけん》、マモルはぜんぜん関係《かんけい》ないじゃん」

「でも、ねねちゃんがかわいそうじゃん！」

オレがさけぶと、姉ちゃんは布団《ふとん》から亀《かめ》みたいに首だけ出して、言った。

「……マモルはやっぱり、ねねちゃんのことが好《す》きなのか？」

何言ってんだ、姉ちゃん？

「いや、いいんだ。マモルがだれを好《す》きになろうと。そこまで干渉《かんしょう》する権利《けんり》は、姉ちゃんにはないから……。ただマモル、もし姉ちゃんの協力《きょうりょく》が欲《ほ》しいなら、一つ約束《やくそく》してくれ」

「なに？」

「将来《しょうらい》、マモルがだれと結婚《けっこん》しても、姉ちゃんのことを一生……できる限《かぎ》り、面倒《めんどう》見るって」

「はい？」

なんか、急に話がよくわからなくなってきたんだけど。

「えー……それってオレが結婚《けっこん》しても、姉ちゃんがついてくるってこと？」

「いや、別《べつ》に同居《どうきょ》までは求《もと》めないけど……アタシが風邪《かぜ》で倒《たお》れたら、レトルトのおかゆを買ってきてくれるとか……」

「アマゾンとかじゃダメなの？」

「宅配《たくはい》の人は、アタシの二階の部屋まで来れないじゃん。それにさ、聞こえるとホッとするんだよ、マモルの足音……」

本当に何を言っているんだろう。というか姉ちゃん、オレが家を出たら生きていけるの？

「イヤだけど……姉ちゃんが生きてる限《かぎ》り、見捨《みす》てたりなんてしないよ」

少し、布団《ふとん》が動かなくなった。それからクフッと変《へん》な笑《わら》い声《ごえ》が聞こえて、バーンと布団《ふとん》が吹《ふ》っ飛《と》ぶ。ベッドに立ち上がった姉ちゃんが、いつものニヤニヤ笑《わら》いで言った。

「わかった。協力《きょうりょく》してやる」


次の日——六月十七日の金曜日。

朝早く、オレは姉ちゃんと神社にいた。事件《じけん》の手がかりを探《さが》すためだ。最初《さいしょ》、姉ちゃんはオレに動画を送らせて、自分は部屋からリモートで確認《かくにん》するつもりだったらしいけど、オレが神社は圏外《けんがい》だよと言うと、泣《な》く泣《な》くついてきた。

オレはなるべく人に会わない道を選《えら》んで、姉ちゃんを連《つ》れていく（朝にしたのも、人が少ないから）。こんなふうに姉ちゃんと散歩《さんぽ》するの、何年ぶりだろう。あのころは姉ちゃんのほうが、オレの手を引いてたけど。

「あ、そうだ」

神社の長い階段《かいだん》に着くと、姉ちゃんが急に立ち止まった。

「そういえば、まだ今日『ラスエデ』をやってなかった。七日間の期間限定《げんてい》イベントでさ。毎日ログインするだけで、その日付《ひづけ》と同じ数のイベント記念《きねん》コインをもらえるっていう――」

「そのイベント、昨日《きのう》で終わったよ」

階段《かいだん》を上るのを面倒《めんどう》がる姉ちゃんの尻《しり》をたたいて、神社に向かう。ちなみに「ラスエデ」というのはラストエデンというスマホのゲームで、オレのクラスでも人気。ねねちゃんのすすめでオレやソータもはまって、特典《とくてん》ストラップまで持っている。

神社に着くと、オレと姉ちゃんはさっそく手がかりを探《さが》し始めた。まわりの森や建物《たてもの》の中まで探《さが》したけど、何も見つからない。

あきらめて帰ろうとすると、「待て」と姉ちゃんが呼《よ》び止《と》めた。

「最後《さいご》の手段《しゅだん》だ。マモル、これと同じ写真を撮《と》れ。差分《さぶん》を取る」

サブン？　オレが首をかしげると、姉ちゃんが一枚《いちまい》の写真を渡《わた》してきた。今見ているのと同じ、神社の建物《たてもの》（拝殿《はいでん》、と呼《よ》ぶらしい）の中が写っている。

「何これ？」

「事件《じけん》前日の、六月十三日朝の拝殿《はいでん》の写真。趣味《しゅみ》で近所の神社を撮影《さつえい》している人のサイトをネットで見つけて、そこから拾ってきた。時間帯《じかんたい》も今とほぼ同じだから、差分《さぶん》を取るのにちょうどいいだろ」

だから、サブンってなんだよ。オレは頭の中でブウブウ言いながらも、言われた通りに写真を撮《と》る。パシャリ！

すると姉ちゃんがリュックからノートパソコンを取り出し、オレのスマホをつないで何やらいじりだした。画面に二枚《まい》の写真が映《うつ》る。一枚《まい》は、姉ちゃんが持ってきた写真。もう一枚《まい》は、今オレが撮《と》った写真。

「この二枚《まい》を、両方グレースケール……つまり、白黒写真にする」

姉ちゃんが何かのボタンをクリックする。パッと、二枚《まい》の写真が白黒になった。

「それで、この二枚《まい》を重ねて、一方から一方を減算《げんざん》すると――」

オレはしばらく画面をながめてから、ん?と首をかしげた。

写真をグレースケール（白黒写真）に

姉ちゃんの写真（六月十三日月曜の朝）

オレの写真（六月十七日金曜の朝）

← 重ねて減算

※ちょっとだけ白い

写真の一か所が……ちょっとだけ、白くなってる?

「これが『差分《さぶん》』。差分《さぶん》ていうのは、二つのものの差《さ》のこと。二枚《まい》の画像《がぞう》の片方《かたほう》からもう片《かた》方《ほう》のデータを引くと、ちがっている部分だけが残《のこ》る。そうやってちがいを見つけるんだ。プログラミングの画像処理《がぞうしょり》なんかに使われる考え方だな」

ふうん……オレは首をかしげつつ、最後《さいご》の写真を見ながら聞き返す。

「で、この白いのが、なんなの？」

姉ちゃんが、少しズッコケた。

「説明《せつめい》を飛《と》ばしすぎたか。ええと……つまりだな。この白いところが、二枚《まい》の写真の『ちがう部分』。事件《じけん》前日と今の写真でちがう部分があるってことは、そこに何か手がかりがあるかもしれないってことだ。たとえば……」

「……犯人《はんにん》が、物を動かしたり、落としたりして？」

「そう！　その通り。やっぱのみこみが早いな、マモルは」

ほめられた。久《ひさ》しぶりに姉ちゃんにほめられて、なんだか照《て》れくさい。

「ちがいがあるのは、あの左上の壁《かべ》のあたりだな。これは……何かを反射《はんしゃ》した光？　ってことは――」

姉ちゃんが壁《かべ》じゃなく、床《ゆか》を調べ始めた。見ていると、姉ちゃんがいきなり床板《ゆかいた》を外《はず》し始めたので、オレはびっくりする。

「ちょっと姉ちゃん、何を——」

「あった！　こいつだ」

姉ちゃんが床下《ゆかした》に潜《もぐ》って、何かを拾ってきた。

それを見て、オレはアッと声をあげる。

「これの金具が朝日を反射《はんしゃ》して、床板《ゆかいた》のすきまから壁《かべ》に光を映《うつ》していたんだ。つまりこれは、事件《じけん》の前にはなかった、犯人《はんにん》の落とし物かもしれないってことで——ん？　どうした、マモル。埴輪《はにわ》みたいな顔をして」

オレはぽかんと口を開けたまま、姉ちゃんの持っているものを指さす。

「姉ちゃん、それ……『ラスエデ』の、特典《とくてん》ストラップ」


姉ちゃんが、「差分《さぶん》」を使って神社の床下《ゆかした》から見つけたもの。

それは、『ラスエデ』の特典《とくてん》ストラップ。

でも、それはすごく変《へん》なことなんだ。

だってそのストラップは、オレたちしか持っていないんだから。

オレたちっていうのは、オレ、ソータ、ねねちゃん、キレイ、あと富安田佐那《ふあんださな》っていう転校してきたばかりの女子と、与喜屋《ようきや》アンリっていう、すごく陽気な女子。

全員同じクラスのゲーム仲間《なかま》で、ねねちゃんが誘《さそ》って集めた。そのストラップもねねちゃんからもらったもので（ねねちゃんの父親は、ゲーム会社で働《はたら》いている）、試《ため》しに作った「サンプル品」だから、オレたち以外《いがい》はだれも持っていない。

「ほう……」

オレがそのことを説明《せつめい》すると、姉ちゃんの目が細くなった。

「じゃあ、その六人のだれかが、ここに来て落としたんだな？」

「でも、それも変《へん》なんだ。だってみんな、最近《さいきん》はこの神社には来ていない、って言ってるもん。あ、掃除《そうじ》に来たキレイは別《べつ》だけど」

「なら、キレイが掃除《そうじ》のとき、落とした？」

「でも、キレイは持ってるよ、そのストラップ。オレ、昨日《きのう》学校で見たもん」

「ふーん……」

姉ちゃんがくちびるをつきだして、人差《ひとさ》し指《ゆび》でぷるぷるはじく。それから急に、ニッと笑《わら》った。その笑顔《えがお》を見て、オレはちょっとゾクッとする。こういうときの姉ちゃんは、なんか知らない人みたい。

「まちがいない。その中に絶対《ぜったい》、嘘《うそ》をついているやつがいる。そいつが犯人《はんにん》だ」

姉ちゃんはストラップを上に投げると、空中でかっこよくキャッチした。

「その『嘘《うそ》つき野郎《やろう》』を、見つけてやろうぜ」

●一人目・相田奏太《あいだそうた》

「月曜の放課後《ほうかご》？　オレ、家で『ラスエデ』してたよ。サッカーの練習がカンセンショウでなくなっちゃったし」

最初《さいしょ》に聞きに行った相手は、ソータ。相田奏太《そうた》って名前で、サッカーが好《す》きなオレの幼稚《ようち》園《えん》時代からの親友。

「そうか……。あ、ちなみに『ラスエデ』なら、アタシもやってるぜ。この前ライゼが出た」

「本当？　超《ちょう》すげえ！」

ソータが楽しそうに言う。ちなみにここは学校で、今は昼休み。ソータはオレのスマホで、姉ちゃんとテレビ電話で話している。ソータは姉ちゃんが緊張《きんちょう》せずに話せる数少ない相手で、おたがい気が合うみたい（同じ風呂嫌《ふろぎら》いだから？）。

「ちなみにソータ、お前が家にいたとき、ほかにだれかいたか？」

「ううん、オレ一人。うち、トモバタラキだし、アネキも大学に行ってるし」

「そうか……じゃあ、お前が家にいたことを証明《しょうめい》してくれる人はいないのか。あと、そうだ。お前、ストラップってまだ持ってる？」

「ねねがくれたやつ？　それがさ……オレ、なくしちゃったんだ、あれ」

「なくした？　いつ？　どこで？」

「わかんねー。持ってないとねねがうるさいから、オレ、いつもカバンに入れてたんだけど。さっき確認《かくにん》したら、なかった」

姉ちゃんが言うには、次の二つの条件《じょうけん》を満《み》たしたやつが、犯人《はんにん》らしい。

条件《じょうけん》１：月曜の朝から午後六時までのあいだに、神社に行くことができたこと。

条件《じょうけん》２：ストラップをなくしてしまっていること。

なんでも、あの神社はドロボウ対策《たいさく》で、午後六時から翌日《よくじつ》の朝まで、「拝殿《はいでん》」には鍵《かぎ》がかかって入れないそうだ。キレイが赤紙を見つけたのは〈六月十四日火曜の朝〉で、姉ちゃんがネットで拾った〈六月十三日月曜の朝〉の神社の写真には赤紙は写ってなかったから、犯《はん》人《にん》が赤紙を置《お》いたのは、そのあいだ。月曜の朝から午後六時まで、ってことになる。それが**条件《じょうけん》1**。

あと犯人《はんにん》はそのときストラップを落としたはずだから、今は持っていないはず。それが**条《じょう》件《けん》2**。

姉ちゃんは、それをソータに確認《かくにん》しているのだ。朝から午後三時まではみんな学校にいたから、問題なのは放課後《ほうかご》の午後三時から六時までのあいだに、神社に行けたかどうか。けどソータは行けたみたいだし（家に一人でいたっていうのは嘘《うそ》かもしれない）、ストラップだって今は持っていない。

つまり、ソータは条件《じょうけん》に当てはまってしまうけど……まさか犯人《はんにん》ってことは、ないよね？

●二人目・雨洗紀礼《あめあらいきれい》

「月曜の放課後《ほうかご》？　ボクは家に帰って、トイレ掃除《そうじ》をしてました」

次の相手は、キレイ。手洗《てあら》い場《ば》で食後の歯みがきをしているところを見つけて、捕《つか》まえた。

「え？　お前、何か親に叱《しか》られるようなことをしたの？」

画面の中から驚《おどろ》き顔で、姉ちゃん。

「別《べつ》にトイレ掃除《そうじ》は、罰《ばつ》じゃないです。ボクが、好《す》きでやっているだけで」

「お前、変《か》わってんなあ」

「一週間、入浴《にゅうよく》しないお姉さんのほうが、変《へん》だと思いますが」

バチバチ火花が散《ち》る。ちなみにキレイも、姉ちゃんとは顔見知り。ただ、この前うちに来たとき、姉ちゃんの部屋の前に消毒液《しょうどくえき》を振《ふ》りまいて帰ったから、姉ちゃんはキレイを天敵《てんてき》みたいに思っている。

「ストラップ……ですか？　はい、持ってますよ。ほら、この通り」

姉ちゃんの質問《しつもん》に、キレイが自分のストラップを見せた。

「それ、ソータから盗《ぬす》んだんじゃないだろうな？　ソータがなくしたって言ってたぞ」

「ヌレギヌです」

キレイが、ストラップの文字を指さす。

「見てください。ボクのストラップ、印刷《いんさつ》が少しにじんでますよね。ボク、持ち物は必《かなら》ずアルコール消毒《しょうどく》するんですが、それで消えちゃったんです。こんなことするの、ボクだけですよね」

確《たし》かに、キレイのストラップはゲームのロゴマークが少しぼやけている。キレイは少し潔《けっ》癖症《ぺきしょう》なところがある。

「けどなあ……。ソータから盗《ぬす》んだやつのほうを消毒《しょうどく》したときに、印刷《いんさつ》が消えたって可能《かのう》性《せい》もあるし……」

姉ちゃんがしつこくブツブツ言う。

「そもそもお前、なんでゲーム仲間《なかま》なんだ？　トイレ掃除《そうじ》が趣味《しゅみ》みたいなやつが、ゲームなんてしないだろ」

「ヘンケンです。ボクだって、ゲームくらいします」

「読めたぜ。お前もマモルと同じだな。ゲームはただの口実で、本当のねらいはねねちゃんと仲良《なかよ》く――」

キレイ
ソータ

わあっと、オレはあわてて電話を切った。どさくさにまぎれて、なに言いだすんだよ、姉ちゃん！

●三人目・富安田佐那《ふあんださな》

「月曜日？　えっと――サナは、三時まで、がっこう。それから『フレンド』にいって、ママが迎《むか》えに来るまで、ずっとそこにいた。宿題したり、ゲームしたり……」

次に会ったのは、サナちゃん。転校生で、オレもまだそんなにしゃべってない。こけしみたいな髪型《かみがた》のおとなしい子。友達《ともだち》がいなくて寂《さび》しがっていたところを、ねねちゃんが誘《さそ》ってゲーム仲間《なかま》にした。

「フレンド？　ああ、西町の学童保育《ほいく》のことか。ってことは、勝手に外出はできないよなあ……」

スマホから、姉ちゃんのつぶやきが聞こえる。サナちゃんはめずらしそうにじっと画面を見て、言った。

「綿引《わたひき》くんのお姉さんって、声優《せいゆう》さん？」

「声優《せいゆう》っていうか——」

オレは説明《せつめい》に困《こま》った。今画面に映《うつ》ってるのは本物の姉ちゃんじゃなくて、アニメみたいな女の子。髪《かみ》の毛《け》がピンクで、目が本物の十倍くらいある(「アバター」っていうらしい。姉ちゃんは知らない人とテレビ電話で話すときは、たいていこの「アバターモード」で話す)。

「この絵、すごくかわいいね。綿引《わたひき》くんのお姉さんも、こんなにかわいいの?」

「ううん。きたないよ。本物は」

オレは正直に答えた。だって変《へん》に期待されて、会わせてくれって言われたら、困《こま》るもん。

アバターの姉ちゃんは、コホンとせきをする。

「まあアタシの再現度《さいげんど》はさておき……ちなみにサナちゃんは、あのストラップってまだ持ってる?」

サナちゃんは、びくっとする。

「……ちゃった」

「ん?」

「なくしちゃった。フレンドに意地悪な子がいて、その子が池に投げちゃったの。探《さが》したけど、見つからなかった。なくしたって言ったら、遊月《ゆづき》ちゃん怒《おこ》るかなあ?」

サナちゃんが、急に不安《ふあん》そうな顔をする。

「サナ、そういうところ、あるの。せっかく友達《ともだち》になっても、その子が怒《おこ》るようなことをして、嫌《きら》われちゃう。遊月《ゆづき》ちゃんが教えてくれたゲームも、サナ、やりかたがよくわからなくて……。そういえば綿引《わたひき》くんは、イベントのコインって何個《なんこ》集めた？」

「オレ？　79。ソータは80」

「嘘《うそ》」

さあっと、サナちゃんが青ざめる。

「サナ、75個《こ》しか集められなかった。どうしよう、遊月《ゆづき》ちゃんは78個《こ》集めているのに。雨《あめ》洗《あらい》くんは81個《こ》だし、与喜屋《よきや》さんだって77個《こ》は集めてたのに……。サナがいちばん、やる気がない子、って思われちゃう」

サナちゃんはしゃがみこんで、頭をかかえる。

「やだなあ。遊月《ゆづき》ちゃんに嫌《きら》われちゃったら、やだなあ」

サナちゃんは、ちょっと心配性《しんぱいしょう》みたい。

●四人目・与喜屋《よきや》アンリ

「月曜の放課後《ほうかご》？　私《わたし》は六時まで水泳スクール行って、家に帰って、ゲームして、ごはん！」

最後《さいご》に聞きにいったのは、アンリちゃん。沖縄《おきなわ》生まれの女の子で、ポニーテールで、よく日に焼《や》けている。スポーツ好《ず》きで、明るくて友達《ともだち》も多い。

「さようでございますか」

アバターの姉ちゃんが、ロボットみたいにカクカク首を振《ふ》りながら、言う。

「ところでアンリサンは、例《れい》のストラップはお持ちで……？」

「ストラップ？　うん、持ってるよ！」

「では、拝見《はいけん》を……なるほど。印刷《いんさつ》も、ちゃんとしていますね。ご協力《きょうりょく》、誠《まこと》に感謝《かんしゃ》いたします……」

姉ちゃんは画面から消えるくらい頭を下げると、急にぼそぼそと死にかけみたいな声で、言った。

「マモル……あとは頼《たの》む……。姉ちゃんは……力尽《ちからつ》きた……」

プッ。ツーツーツー。

サナ
アンリ

電話、切れちゃった。

「あれー？　お姉さん、動かなくなっちゃったよ？　私《わたし》、もっとお話ししたかったのになー」

アハハ、とオレは笑《わら》ってごまかした。姉ちゃんは緊張《きんちょう》すると敬語《けいご》になる。キレイとは別《べつ》の意味で、アンリちゃんが苦手みたい。

放課後《ほうかご》、オレはソータといっしょに、ねねちゃんのお見舞《みま》いに行った。

二人だけで行ったのは、姉ちゃんの推理《すいり》のことを話すためだ。オレたちが行くと、ねねちゃんは大はしゃぎで喜《よろこ》んだ。たぶんオレ一人で行ったら、こんなに喜《よろこ》ばなかったとは思うけど。

「……それじゃあ、あのストラップをなくしちゃった人が、犯人《はんにん》ってこと？」

ようやく落ち着いたねねちゃんが、説明《せつめい》を聞いて首をかしげる。ちなみにねねちゃんの部屋はきれいでいいにおいもして、姉ちゃんのとは大ちがい。

「そう。それが**条件《じょうけん》2**。あとマモルの姉ちゃんが言うには、犯人《はんにん》は月曜の朝から午後六時までの間に、神社に行けなくちゃいけないんだって。それが、**条件《じょうけん》1**」

ソータが言って、自分を親指で指さす。

「で、オレはどっちの条件《じょうけん》もクリア。だから、オレがねねに呪《のろ》いをかけた犯人《はんにん》」

えっ、とねねちゃんが一瞬《いっしゅん》、真っ青になる。

「うっそー」

ソータが両手をひらひらさせる。ねねちゃんが怒《おこ》って枕《まくら》を投げつけた。

「……サナちゃんも、ストラップをなくしちゃったよ」

仲《なか》いいなあと思いつつ、オレは口をはさむ。

「それに犯人《はんにん》は、ソータやサナちゃんがなくしたストラップを拾ったかもしれない。だから、**条件《じょうけん》2**だけで犯人《はんにん》とは決めつけられないって、姉ちゃんが」

ふうん？とねねちゃんがよくわかっていない顔で首をかしげる。

「つまりさ」

ソータが言う。

「オレとマモルをのぞいたら、犯人《はんにん》は残《のこ》りの三人——キレイか、サナか、アンリしかいないんだよ。なあ、ねね。お前そいつらに、なんか恨《うら》まれるようなことをしたか？」

「うーん。どうだろう……」

ねねちゃんはクマのぬいぐるみを抱《だ》くと、困《こま》った顔をする。

「わからないけど、ねね、自分勝手なところあるから。雨洗《あめあらい》くんの持ち物もよく勝手にさわって怒《おこ》られるし、サナちゃんにはなんだか怖《こわ》がられているし、ねねは運動苦手だから、アンリちゃんのスポーツの誘《さそ》いもよく断《ことわ》ってるし。

あ。そういえば月曜日は、サナちゃんから『ラスエデ』のやり方を教えてって、電話が来たんだった。でもねね、そのとき別《べつ》の子とそれをやってたから、『またあとでね』って答えて、そのまま忘《わす》れちゃって――」

「――えっ？」

そのとき、姉ちゃんの声が聞こえた気がした。

オレはスマホを見る。姉ちゃんのアバターは相変《あいか》わらず動かないけど……なんだろう、気のせい？

「ねね、ぜんぜん元気じゃん」

ねねちゃんちを出ると、ソータがぼそっと言った。それはソータが見舞《みま》いに来たからじゃないかな、とオレは思ったけど、口には出さない。

さらにソータと別《わか》れて、一人になる。帰り道、オレはスマホに向かって聞いてみた。

「姉ちゃん、さっき何か言った？」

するとアバターの姉ちゃんが、カクンと息を吹《ふ》き返《かえ》した。

「マモル。一つ、アルゴリズムを教えてやろうか」

いきなり何だろう。オレは目をぱちくりさせる。

「アルゴリズムって？」

「問題を解《と》く手順《てじゅん》のこと。特《とく》にプログラミングの世界では、人が考えるいろいろな問題に対して、それらを効率的《こうりつてき》に解《と》く『アルゴリズム』がたくさん研究されているんだ。データを手早く順番《じゅんばん》に並《なら》べる『ソート・アルゴリズム』とか、条件《じょうけん》に合ったものをあまり手間をかけずに探《さが》す『サーチ・アルゴリズム』とか。

今からアタシが教えるのも、その一つ。その名も『**ストリーム・アルゴリズム**』だ。まあ、その基本《きほん》中の基本《きほん》、ぐらいの話だけど」

ストリーム……？　オレはちょっと不安《ふあん》になった。なんだか難《むずか》しそうだ。

「で、そのゴリラリズムがなんなの？」

「アルゴリズムな。それじゃあマモル、さっそくだが、クイズだ。今からアタシが、1から

10までの数字を一つずつランダムに言うから、それらを順番《じゅんばん》に足していけ。いいな？」

「えっ？　う、うん」

いきなり暗算テスト！

「では、いきます。1……4……5……8……2……10……3……6……9。さて、合計は？」

待って待って、とオレはあわてる。ちょっと数字を言うのが早いよ、姉ちゃん。

「えっと……48？」

「48ですが」

姉ちゃんが続《つづ》ける。

「今、一個《こ》だけ言わなかった数字があります。それはなんでしょうか？」

「え？　そんなの覚《おぼ》えてないよ」

ひっかけクイズ？　あとから言われたって、わかるわけないじゃん！

「ちなみにひっかけクイズじゃないぞ。数字を覚《おぼ》えてなくても、わかるんだよ。マモル、今言った合計を、55から引いてみな」

えっと、55引く48だから――。

「7?」

「当たり」

ピンポーンと、スマホからクイズ番組みたいな音がする。

「そしてそれが、抜《ぬ》けている数字だ」

「えっ、どうして?」

「55というのは、1から10までをぜんぶ足し合わせた数だ。でももし数字が一つ抜《ぬ》けたなら、そのときの合計はその抜《ぬ》けた数字の分だけ足りなくなる。『差分《さぶん》』だな。だから55から合計を引けば、抜《ぬ》けた数字がわかるってわけ」

「へえ……」

オレはしばらく、両手の指を使って考えた。たとえば3が抜《ぬ》ければ、合計は52になるから、55から52を引けばやっぱり3が出てきて——まあ、姉ちゃんの言う通り、数字が抜《ぬ》けた分合計が足りなくなるっていうのは、わかる考えのような気がする。——けど。

「でもそんなの、出てきた数字を覚《おぼ》えちゃったほうが早くない?」

「10までならな。でも、100までだったら?」

オレはまた少し考えて、なるほど、と納得《なっとく》。たしかに100個《こ》もあったら、ぜんぶの数字を覚《おぼ》えるのはたいへんだ。

「ちなみに、今の『1、4、5……』みたいに次々流れてくるデータのことを、『ストリーム』と呼《よ》ぶ。動画でも『ストリーム配信《はいしん》』とかいうだろ？　そういったストリームのデータを処理《しょり》するアルゴリズムだから、『ストリーム・アルゴリズム』。このアルゴリズムを使った通信技術《つうしんぎじゅつ》の例《れい》としては、『チェックサム』があるな。今みたいにあらかじめ送るデータの合計値《ごうけいち》を計算しておくことで、送ったデータに誤《あやま》りや漏《も》れがないか簡単《かんたん》にチェックできるんだ」

「ふうん……」

最後《さいご》のなんとかサムの話は、ちょっとよくわからないけど。

「でもそれが、ねねちゃんの呪《のろ》いと何の関係《かんけい》があるの？」

「だから、わかるんだよ。このアルゴリズムを使えば、みんなをだましている『嘘《うそ》つき野《や》郎《ろう》』がだれかが、な」

え？とオレは驚《おどろ》く。今の「アルゴリズム」で、だれが嘘《うそ》をついているかわかるってこと？本当に？

「ヒントは――『ラスエデ』のイベントコインだ」

姉ちゃんが話を続《つづ》ける。

「七日間の期間限定《げんてい》イベントで、ログインすると必《かなら》ずその日の『日付《ひづけ》と同じ数』のコインをもらえるっていうお得《とく》なやつ。アタシがマモルと神社に行ったのは、六月十七日の金曜日だよな。そのときマモルは『昨日《きのう》イベントが終了《しゅうりょう》した』と言ったから、始まったのは一週間前、つまりは六月十日の金曜日。

だからイベント期間中にもらえるコインの数は、イベント初日《しょにち》の十日金曜で10個《こ》、十一日土曜で11個《こ》、日曜で12個《こ》……と一個《こ》ずつ増《ふ》えていって、最終日《さいしゅうび》の十六日木曜には16個《こ》ももらえることになる。

つまりぜんぶゲットすると、10＋11＋…＋16で、合計91個《こ》。

そこからみんなの持っているコインの数をそれぞれ引けば、各自《かくじ》の足りないコインの数——ひいては、ログインしなかった日付《ひづけ》がわかるってわけ。

コインの数はソータが80、マモルが79、サナちゃんの話では、ねねちゃんが78、キレイが81、サナちゃんが75、アンリちゃんが77。だから足りないのは、それぞれ11、12、13、10、16、14で、それがログインしなかった日付《ひづけ》だ。こいつを表にまとめると——」

スマホに表が映《うつ》る。

名前	ゲットしたコインの数	91に足りない数＝休んだ日付	ログインした日						
			金曜	土曜	日曜	月曜	火曜	水曜	木曜
			10日	11日	12日	13日	14日	15日	16日
ソータ	80	11	○		○	○	○	○	○
マモル	79	12	○	○		○	○	○	○
ネネ	78	13	○	○	○		○	○	○
キレイ	81	10		○	○	○	○	○	○
サナ	75	16	○	○	○	○	○	○	
アンリ	77	14	○	○	○	○		○	○

「ちなみにもし二日以上《いじょう》ログインしなかったとすると、最低《さいてい》でも10日と11日の21個《こ》分は足りなくなるから、ゲットできるのは最大《さいだい》で91引く21で、70個以下《こいか》。けど今回はみんな71個《こ》以上《じょう》持っているから、ログインしなかったのは多くても一日だけ、ってことになる。さて。これを見りゃ、嘘《うそ》つき野郎《やろう》は一目瞭然《いちもくりょうぜん》なんだが――わかるか、マモル？」

オレはポカンと表を見つめた。最初《さいしょ》はぜんぜん何を言っているのかわからなかった。でもそれから、姉ちゃんにいろいろヒントをもらって考えるうちに――ようやくオレにも、犯人《はんにん》がわかった。

次の日、オレは犯人《はんにん》の家の前にいた。

勇気《ゆうき》を出して、呼《よ》び鈴《りん》を押《お》す。はあいと声が聞こえて、中からドタドタ足音がした。

がちゃり、とドアが開く。出てきた相手を見て、オレはごくりとつばを飲みこんだ。

「あれえ？　マモルくんだ」

ふんわりした髪《かみ》が、オレの目の前で揺《ゆ》れる。

そう。犯人《はんにん》は――ねねちゃん、い、い。

表を見ると、ねねちゃんは月曜日のコインをゲットしていない。なのに、サナちゃんから電話がかかってきた月曜日、ねねちゃんは「別《べつ》の子とそれをやっていた」と言った。「それ」っていうのは「ラスエデ」のことで、ログインしてれば必《かなら》ずコインはもらえるから、ねねちゃんがその日のぶんをゲットしていないのはおかしい。つまり「嘘《うそ》つき野郎《やろう》」はねねちゃんだった、ってことになる。

そして、ねねちゃんが嘘《うそ》をついた理由は――。

「ん？　ソータくんは？」

ねねちゃんがきょろきょろ見回す。オレは大きく息を吸《す》って、答えた。

「今日は、オレ一人。ソータは、サッカーの練習があるって」

「あ、そっか……。なら、しかたないね。じゃあソータくんの練習終わるまで、いっしょにゲームする？」

「ううん。今日は別《べつ》に、遊びに来たわけじゃないから」

「あれ、そうなの？　じゃあ、どうして？」

オレはぎゅっとこぶしを握《にぎ》った。

じっと、自分の靴先《くつさき》を見る。いろんな考えが、頭に浮《う》かんでは消えた。

ねねちゃんって、実は——

そんな言葉がのど元まで出かかって、ぐっとのみこむ。

代わりにカバンから茶色い紙を取り出して、言った。

「これ、渡《わた》しに来た。昨日《きのう》渡《わた》し忘《わす》れた、ねねちゃんが学校を休んでいたときのプリント」

ねねちゃんは少しキョトンとする。それからポワンとした笑顔《えがお》で、言った。

「そうなんだ。わざわざどうも、ありがとう」


「——やさしいんだな、マモルは」

帰り道、スマホからアバターの姉ちゃんが声をかけてきた。

「だって……だれも困《こま》ってないって、気づいたから。オレはねねちゃんが困《こま》ってると思って、犯人《はんにん》を捜《さが》そうとしただけだし」

そう。あの呪《のろ》いは結局《けっきょく》、ねねちゃんが自分でかけたものだった。

あの月曜日、ねねちゃんは本当はゲームなんかせず、神社に赤い紙を置《お》きに行っていた。

オレが見た赤い手のあとも、自分で握《にぎ》ってつけたもの。理由はたぶん、ソータの気を引くため。ねねちゃんは呪《のろ》いのことでソータに心配させて、お見舞《みま》いに来てほしかったんだ。

あの人といっしょだ、とオレは思った。「赤手の呪《のろ》い」の伝説《でんせつ》で、病気だと嘘《うそ》をついて巫《み》女《こ》さまに近づいた、あの悪い男。ねねちゃんの正体はやさしい巫《み》女《こ》さまでも呪《のろ》われたかわいそうな女の子でもなく——あの、ずるい男だったんだ。

「でも、なんでねねちゃん、そんな面倒《めんどう》なことをしたのかな」

オレは石を蹴《け》りながら、つぶやく。

「ソータが好《す》きなら、ふつうに好《す》きって言えばいいのに」

「そりゃあ、たぶん……バグっちゃったんだな」

「バグ？」

「プログラムがおかしな動作をすることを、『バグ』っていうんだ。人間の思考だって、一《いっ》種《しゅ》のプログラムだ。人は言葉で思考をプログラミングし、その思考で動く……。キレイが潔《けっ》癖《べき》症《しょう》なのも、サナちゃんが心配性《しんぱいしょう》なのも、ある意味バグ。

なかでも恋愛感情《れんあいかんじょう》は、人をいちばんバグらせるから。ねねちゃんはきっと、余計《よけい》なことを考えすぎちゃったんだな。ふられて傷《きず》つきたくないとか、ソータの気持ちを確《たし》かめたいとか。だから好《す》きって伝《つた》える代わりに、あんな行動をとってしまったんだ」

ふうんと、オレはもう一個続《こつづ》けて、石を蹴《け》る。

「姉ちゃんが引きこもってるのも、バグなの?」

姉ちゃんが、うう、とうなった。

「半分は、バグかな。もう半分は、仕様」

「シヨウ?」

「最初《さいしょ》から、そう決められているってこと。アタシが一人を好《この》んだり、人と合わせるのが苦手なのは、生まれつき持った仕様。アタシがあのアンリちゃんの性格《せいかく》をまねたって、まあ三秒ももたんわな。

でも、そんな仕様でも、もう少しうまいやりようがあったかもしれない。この自分の仕様を、世界とうまく合わせられなかったこと。それがアタシのバグ。アタシはそのバグをかかえて生きている。そのバグを悪質《あくしつ》なウイルスに利用《りよう》されないよう、引きこもって身を守りながら、ちょっとずつ、自分のバグを修正《しゅうせい》している」

ふうんと、オレはもう一度言った。なんて答えればいいか、わからなかったからだ。姉ちゃんのたとえ話は少しオレには難《むずか》しくて、結局《けっきょく》なんで引きこもっているかは、いまだに謎《なぞ》のまま。

家に帰ったオレは、びっくりして目が点になった。

姉ちゃんが、風呂《ふろ》上がりのジャージ姿《すがた》でそこにいたからだ。

「姉ちゃん……なんで？」

「なんでって」

姉ちゃんはちょっと恥《は》ずかしそうに、

「マモルだって、くさい姉ちゃんになぐさめられたくはないだろ」

姉ちゃんがソファに腰《こし》かけ、おいでおいでをする。オレはついふらふらと、吸《す》い寄《よ》せられるように姉ちゃんのとなりに座《すわ》ってしまった。甘《あま》えてるみたいで少し恥《は》ずかしかったけど、姉ちゃんが猫《ねこ》のアンコにやるみたいにオレの髪《かみ》をわしゃわしゃなで始めて、なんだかどうでもよくなる。

なでられるうちに、じんわり涙《なみだ》が出てきた。こんなふうに姉ちゃんにやさしくされるのは、何年ぶりだろう。風呂《ふろ》に入った姉ちゃんは、シャンプーのいいにおいがして、まるで別《べつ》人《じん》だ。姉ちゃんだってちゃんとしてればなあ、とオレは残念《ざんねん》に思う。ソータの姉ちゃんに負けないくらい、ましに見えるのに。

「姉ちゃん」

「なんだ、マモル?」

「これからは毎日、風呂《ふろ》に入れよ」

姉ちゃんはニッと笑《わら》うと、オレの前髪《まえがみ》をかきあげ、ピンと、おでこをはじいた。

「やなこった」

アルゴリズムってなに？

「アルゴリズム」という言葉は初めてでも、「プログラミング」という言葉は、聞いたことがあるよね。じつは、この2つは切っても切れないものなんだ。

「アルゴリズム」は、やりたいことを達成《たっせい》するための手順《てじゅん》のこと。その手順《てじゅん》をコンピューターに実行させるために、コンピューターがわかる言葉「プログラム」にしてあげるんだ。そうやって、アルゴリズムをプログラムにすることを、「プログラミング」と呼《よ》んでいるよ。

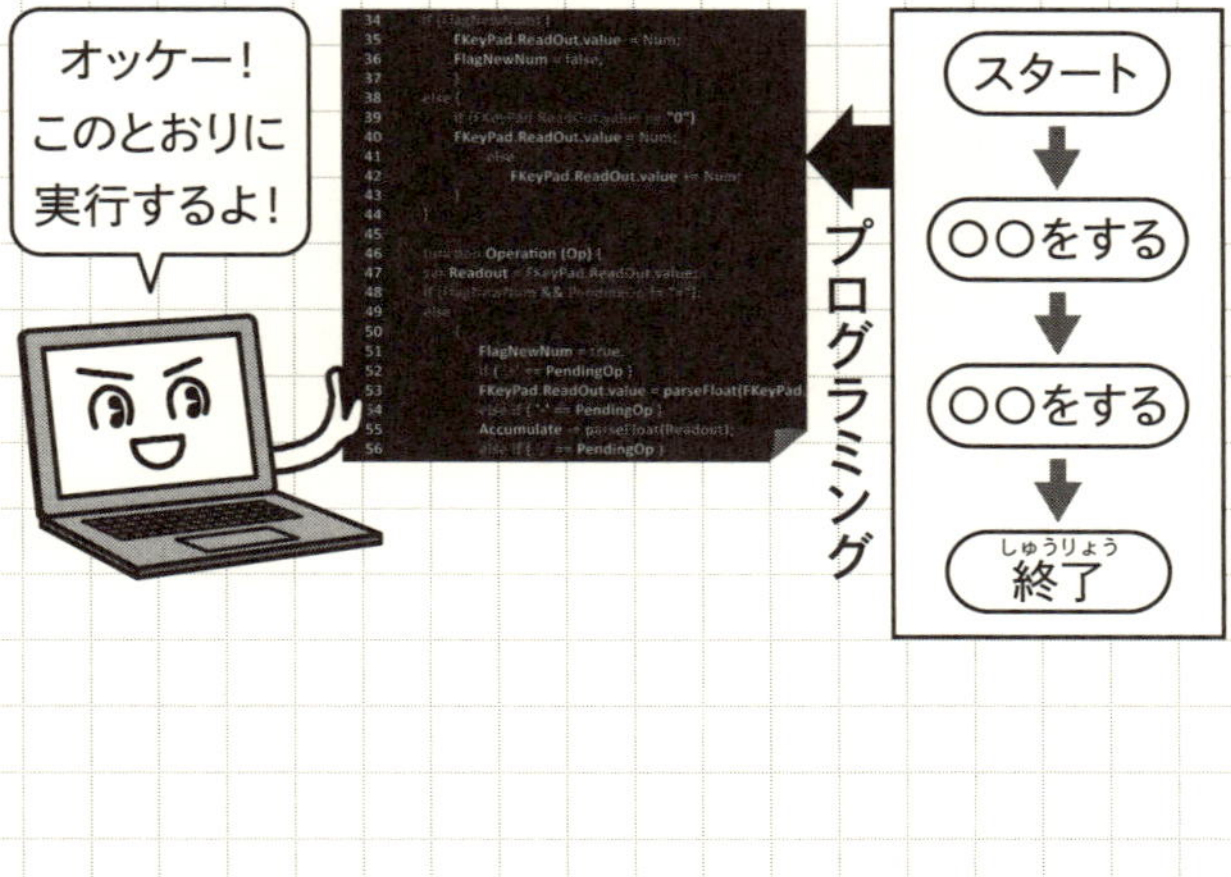

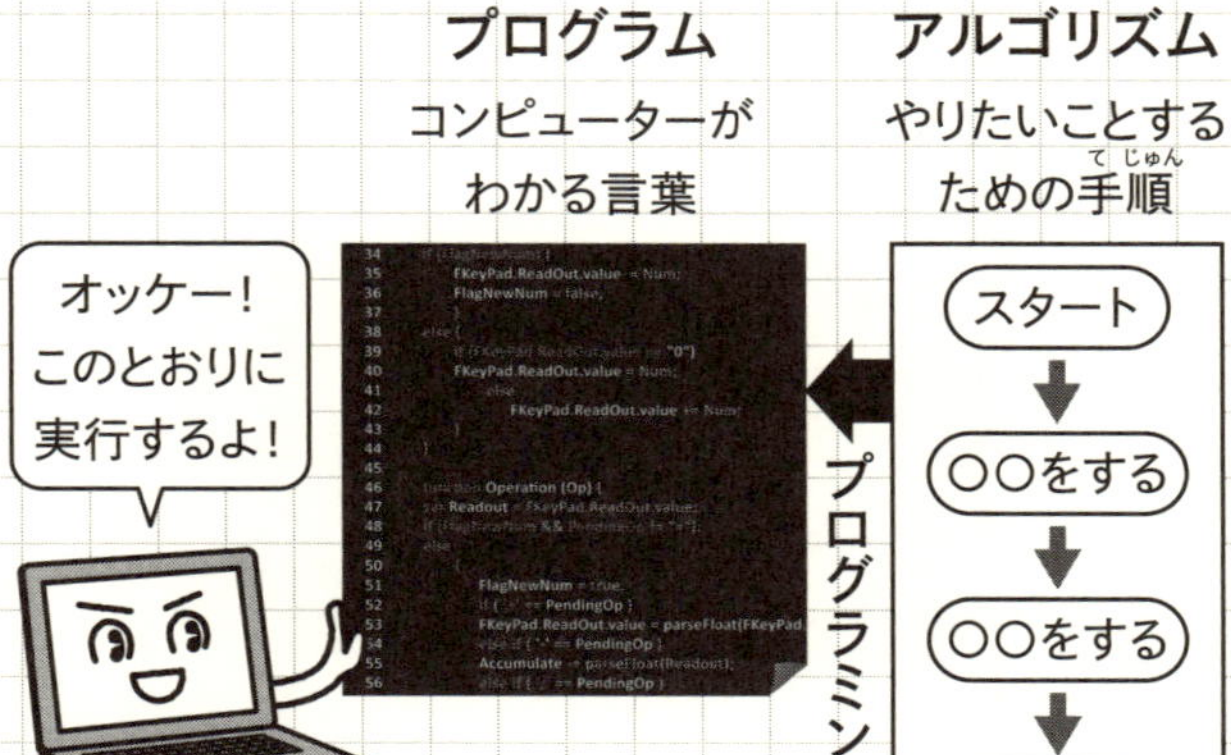

コンピューターはとってもまじめ「まじめ」

コンピューターは基本的《きほんてき》には、指示《しじ》されたとおりのことを実行する。たとえまちがった指示《しじ》でも、下の右側《みぎがわ》の図のように、手順《てじゅん》どおりに実行してしまうんだ。

コンピューターに指示《しじ》を出しても思いどおりに動かないことを「バグ」というよ。右側《みぎがわ》の図では、手順《てじゅん》の三番目と四番目が逆《ぎゃく》だったことが、バグの原因《げんいん》だ。

たとえば、お茶をいれるなら？

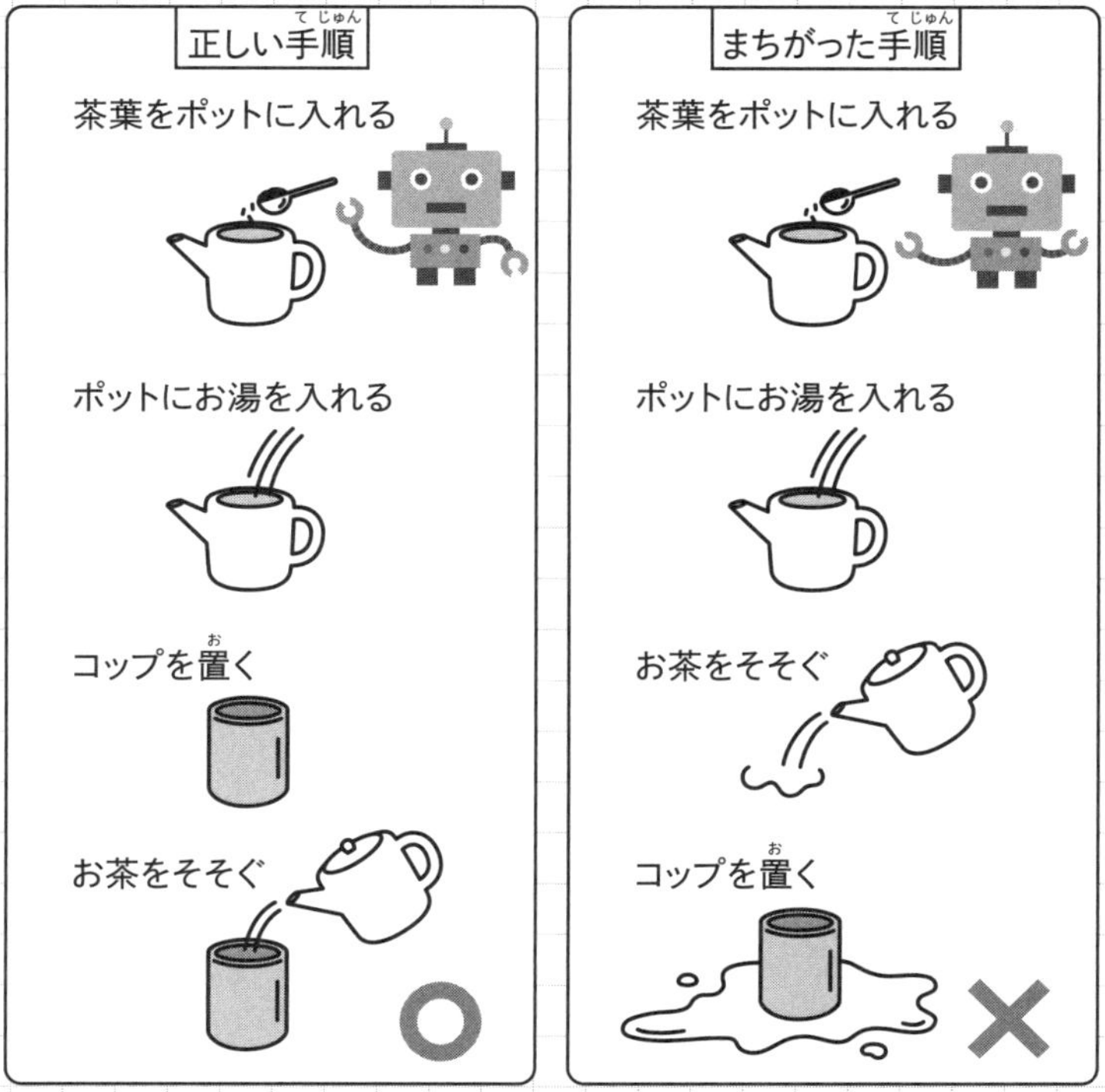

正しい手順《てじゅん》
茶葉をポットに入れる
ポットにお湯を入れる
コップを置《お》く
お茶をそそぐ
まちがった手順《てじゅん》
茶葉をポットに入れる
ポットにお湯を入れる
お茶をそそぐ
コップを置《お》く

第二話

「サーチ・アルゴリズム」

みんなは、探《さが》し物《もの》って得意《とくい》?

オレは苦手《にがて》。朝は学校に持って行く物を探《さが》してドタバタしちゃうし、お気に入りの靴下《くつした》やカードゲームもよく行方不明《ゆくえふめい》になる。お母さんには、部屋をちゃんと片《かた》づけておかないからよ、って叱《しか》られるけど、「整理整頓《せいりせいとん》」なんかしたって、どうせ三日も持たないし。

姉ちゃんの部屋なんか、オレよりもっときたなくて、ヒサン。だから当然《とうぜん》、姉ちゃんも探《さが》し物《もの》が苦手——と思ったら、意外や意外。姉ちゃんは物を見つけるのが早いんだ。

たとえばオレが、はさみとかマンガとかを借《か》りにいく。すると姉ちゃんは、ゴミ捨《す》て場《ば》みたいな部屋の中で、パパッと目を動かしただけで、すぐに「あったあった」と見つけてしまう。……いったい、どうして?

「出ていけ、この疫病神《やくびょうがみ》!」

雷《かみなり》みたいな声がして、うひゃあ、とオレは耳をふさぐ。

きたない部屋の中で真っ赤な顔でどなっているのは、オレの姉ちゃん、綿引古文里《わたひきこもり》。小学生のころからほとんど家を出ていない、筋金《すじがね》入りの「引きこもり」だ。

「どちらかといえば、疫病神《やくびょうがみ》なのはお姉さんのほうに見えますが」

そんな姉ちゃんの前で顔色一つ変《か》えずに正座《せいざ》しているのは、雨洗紀礼《あめあらいきれい》。オレのクラスメートで、有伍《あるご》小学校の六年生。名前の通り、大のきれい好《ず》き。

バトルは、キレイが姉ちゃんの部屋に入ったときから始まった。

まず、オレがドアを開けると、キレイは恐《おそ》ろしいゾンビだらけの墓場《はかば》でも見たように凍《こお》りついた。それからあわてて消毒用《しょうどくよう》のアルコールスプレーを取り出して（キレイはいつも持ち歩いている）、魔《ま》よけの聖水《せいすい》みたいにプシュプシュ吹《ふ》きつける。

そのあたりから、姉ちゃんのこめかみがぴくぴくとふるえ始めた。怒《いか》りが爆発《ばくはつ》したのは、キレイが足元の黒い箱にまでスプレーを吹《ふ》きかけたときだ。それは姉ちゃんのだいじなパソコン用の機械《きかい》だったから、もうたいへん。

「てめえ、何しやがるっ！」

と姉ちゃんが吠《ほ》えて、大ゲンカが始まったのだ。

きたないことがこの世でいちばん許《ゆる》せないキレイと、いつも「きたないほうが落ち着く」と言って風呂《ふろ》にも入ろうとしない姉ちゃんは、とっても相性《あいしょう》が悪い（「水と油」って、こういうこと？）。

「はあ？　アタシのどこが疫病神《やくびょうがみ》だよ」

姉ちゃんがギリギリ歯ぎしりしながら答える。

「アタシは福の神だ。こうして家にいて、マモルのことを守ってやってるんだから。お前のほうこそ、なんだ。座敷童子《ざしきわらし》みたいなツラしやがって」

「座敷童子《ざしきわらし》だって、その家をお金持ちにする福の神です。悪口になっていませんよ、お姉さん」

ぐぬぬぬ、と姉ちゃんがブルドッグみたいな顔をする。姉ちゃんVS.《バーサス》キレイの口ゲンカは、今のところ、キレイが一枚上手《いちまいうわて》。

「……まあ、そんなことは、どうでもいいんです」

キレイはおでこに垂《た》れた前髪《まえがみ》を手で直して、さらりと言った。

「無益《むえき》な争《あらそ》いはやめにして、本題に入りましょう。実はボク、今日はお姉さんにお願《ねが》いがあってきたんです」

「お願《ねが》いだあ？　お前、それが人にものを頼《たの》む態度《たいど》だと――」

「もちろん、ただでとは言いません」

キレイが上着《うわぎ》のふところにすっと手を入れ、四角い紙を取り出す（キレイはいつも七五三みたいな服を着ている）。オレはあっと思った。「ラストエデン《ラスエデ》」のレアカードだ。ラスエデはオレのクラスでも流行《はや》ってるゲームで（紙カードとスマホアプリの二種類《しゅるい》ある）、姉ちゃんも大好《だいす》き。

姉ちゃんの眉《まゆ》が、ぴくっと動いた。

「……なめられたもんだな」

姉ちゃんは伸《の》ばしかけた右手を左手であわててグッとつかんで、キッ！とキレイをにらみつける。

「物で釣《つ》ろうってか？　アタシはそんなお安くないぜ」

「そうですか。残念《ざんねん》です。いらないのなら、持って帰り――」

「いらないとは言っていないだろ」

姉ちゃんがさっとカードを奪《うば》い取《と》る。「やったあ。欲《ほ》しかったんだよなあ、これ。金にあかせて買い集めるのも大人げないし……」と、うれしそうにはしゃいだ。――みごとに物に釣《つ》られてるなあ、姉ちゃん。

オレたちがジッと見ていると、姉ちゃんはハッと気づいた顔でカードをうしろに隠《かく》し、コホンとせきばらいする。

「……勘違《かんちが》いするなよ。アタシが願《ねが》いを聞いてやるのは、マモルのため。かわいい弟のためだからな。お前を紹介《しょうかい》したマモルのメンツをつぶさないために、相談に乗ってやるだけだから。マモルに感謝《かんしゃ》しろよ」

「どっちでもボクはかまいませんが……では、マモルくんに感謝《かんしゃ》したうえで、お願《ねが》いします。ボクの頼《たの》みごとというのは、ある『シンレイゲンショウ』の謎解《なぞと》きです」

「……は？　心霊現象《しんれいげんしょう》？」

「はい。『終わりの絵』です」


場所は変《か》わって、近所の「有伍商店街《あるごしょうてんがい》」。

昔はにぎやかだったらしいけど、最近《さいきん》はとなり町の「栄愛《えいあい》ショッピングモール」に押《お》されていて、シャッターの閉《し》まった店ばっかりだ。

「……これが、その絵か？」

「はい」

今オレたちが見ているのも、そんなお店の一つ。さびだらけのシャッターには赤いペンキが血みたいに飛《と》び散《ち》っていて、まるで殺人現場《さつじんげんば》みたい。

しかもその赤い部分は、よく見るとニタアッと不気味《ぶきみ》に笑《わら》っている人の顔に見えて、とて

も気持ち悪い。

「確《たし》かに、気味悪いな」

姉ちゃんがうーんとうなりながら言う。

「ただ見たところ、絵そのものは、単《たん》なるペンキの落書きって感じだが……。なんでこれが、『終わりの絵』なんだ？」

「終わっちゃうからです」

「何が？」

「人生が。最初《さいしょ》にこの絵が現《あらわ》れた家の子は、中学受験《じゅけん》に失敗《しっぱい》したそうです。次に出た家では息子《むすこ》さんが就職《しゅうしょく》に失敗《しっぱい》して、次に出た家では娘《むすめ》さんの結婚話《けっこんばなし》がお流れになって……」

「……そりゃあ、縁起《えんぎ》悪いな」

オレの手の中で、姉ちゃんがつぶやく。

本物の姉ちゃんは今、ここにはいない。しゃべっているのは、スマホに映《うつ》っているアニメみたいな絵の女の子――姉ちゃんの「アバター」だ。

引きこもりの姉ちゃんはめったに家を出ることはなくて、外に用事があるときはこうしてオレにスマホを持たせて、それを通して見たりしゃべったりする。ちなみに姉ちゃんの「アバター」はピンクの髪《かみ》に大きな目をしていて、実物の百倍かわいい。

「ネットだと、いろいろ言われています。昔、受験《じゅけん》ノイローゼで自殺《じさつ》した子どもの霊《れい》のしわざだとか、工場がつぶれて首を吊《つ》った社長のオンネンだとか……」

「社長の怨念《おんねん》か……。社長、どこにオンネン。なんちゃって」

オレとキレイが首をかしげていると、アバターの顔がほんのり赤くなる。

「いや、ただの関西弁《かんさいべん》ジョーク……でも、キレイ、そんなことに、なんでお前がわざわざ首を突《つ》っこむんだ？　きれい好《ず》きのお前には、町を落書きで汚《よご》されるのは許《ゆる》せないってか？」

「それもありますが……いちばんの理由は、ボクも『ヒガイシャ』だからです」

「え？　被害者《ひがいしゃ》って——もしかして、お前の家の壁《かべ》にも？」

「はい。お母さんがすぐに洗《あら》い流《なが》しちゃったから、もう残《のこ》っていませんが」

えっとオレは横目でキレイを見る。キレイの家にも、絵が——だからだいじなレアカードをあげてまで、姉ちゃんに謎《なぞ》を解《と》いてもらいたかったのか。

キレイが不安《ふあん》そうに言う。

「学校の先生にも相談したんですが、『気にしすぎ』って言われるだけで、ちゃんと調べてくれなくて……。やっぱり、幽霊《ゆうれい》のしわざでしょうか？」

「アタシはそういうオカルトは信《しん》じないからなあ」

姉ちゃんはのんびりとした声で、

「まあ論理的《ろんりてき》に考えて、だれかのいたずらじゃないか。しかしどうせ落書きするなら、もっとかっこいいのを描《か》いてくれりゃあいいのに。そしたら呪《のろ》いどころか、バンクシーみたいに価値《かち》が出るかもしれないのにな」

「バンクシーって?」と、オレ。

「正体不明《ふめい》の、有名な絵《え》描《か》き。街角《まちかど》の建物《たてもの》とかに落書きするんだけど、その落書きにはすごい人気があって、何十億って値段《ねだん》がつく。落書きされたら逆《ぎゃく》にラッキーだ」

へえ。それこそ「福の神」だ。

「……でもこっちの場合は、ラッキーどころじゃないです」

キレイが元気のない声で、

「絵を描《か》かれた家は、どこも不幸《ふこう》な『終わり』が訪《おとず》れています。これはオカルトじゃなくて、事実です」

「それだって、ただの偶然《ぐうぜん》だろ。失敗失敗《しっぱいしっぱい》っていうけど、この世の中、何もかもうまくいっている人のほうが少ないんだ。どんな家にだって、失敗談《しっぱいだん》の一つや二つはあるさ。それより

――」

アバターの手で、姉ちゃんがどこかを指さす。

「見えるか、マモル？　向かい側《がわ》の喫茶店《きっさてん》に、防犯《ぼうはん》カメラがあるだろ。そのカメラに、落書きした犯人《はんにん》が映《うつ》っている可能性《かのうせい》が――」

「あれ？　綿引《わたひき》くんに、雨洗《あめあらい》くん」

急に声がしたので、オレたちは振《ふ》り返《かえ》った。

そこにいたのは、富安田佐那《ふあんださな》ちゃん。

クラスメートで、最近《さいきん》転校してきたばかりの女の子。こけしみたいな髪型《かみがた》で、いつも心配そうな顔をしている。

姉ちゃんの言っていた喫茶店《きっさてん》から、出てきたみたいだ。大人が二人いっしょにいて、一人は女の人でサナちゃん似《に》だから、たぶんお母さん。もう一人は男の人で、お父さんにしては若《わか》い感じ。サナちゃんは一人っ子だから、お兄さんでもないと思うけど――。

男の人が近づいてきた。

「この子たち、サナちゃんの知り合いかい？」

「うん。クラスメート」

「有伍《あるご》小学校の子か。初《はじ》めまして、僕《ぼく》は襟糸優《えりいとすぐる》。この塾《じゅく》で講師《こうし》のアルバイトをしているんだ。よかったら、きみたちも見学に来なよ」

塾《じゅく》の名刺《めいし》を渡《わた》された。キレイといっしょにのぞきこむ。


「㊁王道塾《おうどうじゅく》――人生に寄《よ》り道《みち》している暇《ひま》はない！　王道を歩め！――」


「襟糸《えりいと》先生は、すごく難《むずか》しい大学に通っているの」

サナちゃんが、尊敬《そんけい》のまなざしで襟糸《えりいと》先生を見つめる。

「だから、相談に乗ってもらってたの。サナ、行きたい中学校があるから」

「中学受験《じゅけん》をするなら、今からじゃ遅《おそ》いくらいだからね」

言ってからすぐに、襟糸《えりいと》先生はサナちゃんのお母さんに向かって、「お嬢《じょう》さんは優秀《ゆうしゅう》なので、ぜんぜん間に合うと思いますが」と付《つ》け足《た》す。お母さんはうれしそうに、ホ、ホ、ホと口に手を当てて笑《わら》う。

「……人生は寄《よ》り道《みち》してナンボだろうが。ボケが」

突然《とつぜん》、姉ちゃんの声がして、オレはビクッとした。襟糸《えりいと》先生がスマホの「アバター」に気

王道塾 ―人生に寄り道してる暇はない！ 王道を歩め！―
講師 襟《えり》糸《いと》 優《すぐろ》
〒00-0000
TEL 0000-00-0000
MAIL

づいて、「なんだこれは?」と眉《まゆ》をひそめる。

「先生。それ、綿引《わたひき》くんのお姉さん」と、こそこそ声で、サナちゃん。

「お姉さん? これが?」

「綿引《わたひき》くんのお姉さんは、引きこもりなの。だから、その『アバター』を使わないと、人としゃべれないの」

「引きこもり? ……ニートか」

するとスマホから、一段《いちだん》とでかい声がした。

「ニートじゃねえ! 個人事業主《こじんじぎょうぬし》だ! 働《はたら》いてちゃんと税金納《ぜいきんおさ》めてるわ!」

襟糸《えりいと》先生は少し目を丸くしてから、プッとふきだす。

「いや、失礼《しつれい》。うちの塾《じゅく》では不登校《ふとうこう》の子向けのコースもあるから、もしよかったらと思ってね。でも、働《はたら》いているというなら、余計《よけい》なお世話でした。——じゃあサナちゃん、塾《じゅく》に戻《もど》ろうか。勉強のスケジュールも詰《つ》まってるし」

襟糸《えりいと》先生がサナちゃんの背中《せなか》を押《お》して、歩きだす。サナちゃんの不思議《ふしぎ》そうな声が聞こえた。

「綿引《わたひき》くんのお姉さんって、働《はたら》いてるの? おうちに引きこもってるのに?」

「らしいね。――でもサナちゃんには、ああいう働《はたら》き方《かた》はおすすめしないな」

「どうして？」

「あれは『フリーランス』と言って、経済《けいざい》の風向き一つでたやすく仕事を失《うしな》う、とっても不《ふ》安定《あんてい》な働《はたら》き方《かた》なんだ。サナちゃんはいやだろ、そんな不安定《ふあんてい》な働《はたら》き方《かた》？」

「うん。サナ、不安《ふあん》なの嫌《きら》い」

「ならサナちゃんは、しっかりお勉強していい大学入って、大企業の正社員か公務員《こうむいん》になろうね」

「うん。サナ、しっかり勉強して、ダイキギョウのセイシャインか、コウムインになる」

そのままどこかに行ってしまった。アバターの姉ちゃんはくやしそうに、「くそう、なめやがって。アタシがその大企業様の株《かぶ》をどれだけ持ってるか、見せてやろうか……」と、つぶやく。――カブって、野菜《やさい》のカブ？　そんなの見せても、ちっとも自慢《じまん》にならないと思うけど。

「……サナさんも、中学受験《じゅけん》するんだ」

キレイがボソッと言った。も？　……ってことは、キレイも中学受験《じゅけん》するってこと？

きこうとすると、先に姉ちゃんが言った。

「お。喫茶店《きっさてん》からマスターが出てきたな。よし、マモル。あんなイヤミなやつのことは忘《わす》れて、謎解《なぞと》きの続《つづ》きだ。マスターに頼《たの》んで、防犯《ぼうはん》カメラの映像《えいぞう》を見せてもらおうぜ！」

「防犯《ぼうはん》カメラの映像《えいぞう》？　――ダメダメ。そんなの子どもに見せられないよ」

お店に防犯《ぼうはん》カメラはあったけれど、頼《たの》みにいくと、ヒゲを生やしたマスターに、しっしと野良犬《のらいぬ》みたいに追《お》い払《はら》われた。お店も閉《し》めるところで（サナちゃんたちが最後《さいご》の客だったみたい）、オレたちが見ている前で、ドアに「営業終了《えいぎょうしゅうりょう》」の札《ふだ》がかけられる。

オレとキレイはがっかりして、とぼとぼと絵の前まで戻《もど》った。

「やっぱり、子どもだけじゃムリかなあ」

「今は、個人情報《こじんじょうほう》とかうるさいですしね」

二人で落ちこんでいると、アバターの姉ちゃんがケッとしらけ顔で言った（アバターは本物の表情《ひょうじょう》をまねるよう、ちゃんと作られている）。

「いや、ちがうな。あのヒゲマスター、手にパチンコのチラシを持っていた。あれは早くパチンコに行きたいだけだ」

「……じゃあ、パチンコから戻《もど》ってきたら、見せてもらえる？」

「勝って機嫌《きげん》がよかったら、あるいは……。だがあの分だと負けて帰ってきそうだな。それに防犯《ぼうはん》カメラの動画は、時間が経《た》つと古いほうから自動で消されていってしまうんだ。早くしないと、肝心《かんじん》の落書き犯《はん》が映《うつ》った時間の部分が、消えてしまうかもしれない」

「ええっ！　なら、急がなくちゃ」

「安心しろ。手はある。まずはあのヒゲマスターが出かけるのを待って……」

姉ちゃんの指示《しじ》で、マスターが出かけたあと、オレたちは防犯《ぼうはん》カメラに近づいた。姉ちゃんはスマホ越《ご》しに防犯《ぼうはん》カメラを調べて、ぶつくさつぶやく。

「やっぱ予想通り、動画をＳＤ《エスディー》カードに保存《ほぞん》する古いタイプだな。マモルにカードリーダー付《つ》きのノートパソコンを持たせといてよかったぜ。よし、マモル。防犯《ぼうはん》カメラからＳＤ《エスディー》カードを取り出せ。で、それをノートパソコンのカード差《さ》し込《こ》み口《ぐち》に挿入《そうにゅう》して、データを読み出して……」

言われた通りにする（家を出るとき、オレは姉ちゃんにノートパソコンを持たされた。最《さい》初《しょ》からこうするつもりだったみたい）。

すると、ノートパソコンの画面に四角い枠《わく》が現《あらわ》れた（「ウィンドウ」と呼《よ》ぶらしい）。その枠《わく》の中に、小さな写真みたいのがずらっと並《なら》んでいる。

「なにこれ?」

「防犯《ぼうはん》カメラの映像《えいぞう》を保存《ほぞん》した、動画ファイル」

姉ちゃんが言う。

「この小さな写真——『アイコン』というんだが、そのアイコン一つが、一つのファイルを表す。アイコンの下に書いてある文字が、その『ファイル名』だ。

たとえばファイル名に1800とついているのが、18時0分から1分までの動画。1802が18時1分から2分、1802が18時2分から3分……一分間ずつ分けて保存《ほぞん》してある。ふつうこの手のやつは五分おきくらいに保存《ほぞん》するが、さてはよくわからずに設定《せってい》したな、あのヒゲマスター」

「これ、ぜんぶで何個《なんこ》あるの?」

「一分おきとなると、相当な数だが……でも、ぜんぶを見る必要《ひつよう》はない。あの落書きが描《か》かれた時間帯《じかんたい》の分だけ、確認《かくにん》すれば。

——おい、キレイ。あの落書きっていつごろ描《か》かれた?」

「ボクが気づいたのは、昨日《きのう》の土曜日の午前十時です。ボランティアで商店街《しょうてんがい》の掃除《そうじ》をしていたとき、発見しました」

1801
1802
1803
1808
1809

「また掃除《そうじ》か……ブレないな、お前」

「おとといの夕方、ソータとここを通ったときは、何もなかったよ」と、オレ。

「なるほどな。おととい、マモルが帰ってきたのは午後五時すぎくらいだから、落書きが描《か》かれた可能性《かのうせい》があるのは……おとといの午後五時から、昨日《きのう》の午前十時のあいだってことか。

つまり、17時間分。一時間で一分の動画が60個《こ》作られるから、確認《かくにん》するファイルの数は、60かける17で――１０２０個《こ》か」

１０２０個《こ》⁉

それ、ぜんぶ確《たし》かめるの？

「プログラムで簡単《かんたん》に調べられませんか、お姉さん？」

キレイが言う。

「うーん。そういうプログラムは作れないこともないし、動画を一つにまとめるソフトとかもいろいろあるけど……。そんなことより、直接《ちょくせつ》見て確《たし》かめたほうが早いだろ」

「１０２０個《こ》も動画を見てたら、目が痛《いた》くなっちゃうよ」

「そんなにかからないよ。アタシの言う通りにすればな」

姉ちゃんがまた指示《しじ》を出す。

「よし。じゃあマモル、まずは午前一時半の動画を開け。――うん、絵はまだ描《か》かれてないな。ならお次は、午前五時四十五分のを――」

オレは半分疑《うたが》いながら、ファイルを一つ一つ開いていく。でも驚《おどろ》いたことに、姉ちゃんの言う通りにしてたら、なんと10個目《こめ》で落書きをしている人の映《うつ》った動画が見つかった。

――なんで？

「ビンゴだ。落書きするところがばっちり映《うつ》っている。こいつが犯人《はんにん》だ」

ニシシ、と姉ちゃんが笑《わら》う。キレイもほっとした顔で言った。

「じゃあやっぱり、霊《れい》じゃなくて、人のしわざだったんですね」

「そう言ったろ。しかし、だれだこいつ？　パーカーのフードで隠《かく》れて、顔がよく見えんな――ん？」

そこで、姉ちゃんの顔つきが変《か》わった。

「……犯人《はんにん》がわかったぜ、マモル」

「え、だれ？」

「襟糸優《えりいとすぐる》」

「ええっ⁉」

「この落書きに使っているスプレーを見ろ。あの名刺《めいし》にあった、『王道塾《じゅく》』のマークが見えるだろ。塾《じゅく》の備品《びひん》を使ったんだ。塾生《じゅくせい》の子にしちゃ体がでかいし、この髪《かみ》をかき上げるときの気取ったしぐさ——まちがいない、やつだ」

オレたちはびっくりしすぎて、声も出なくなる。

「読めたぜ。あのエリート野郎《やろう》、中学受験《じゅけん》をする子で王道塾《じゅく》に通っていない受験生《じゅけんせい》の家をねらって、いやがらせで落書きしてるんだ。塾講師《じゅくこうし》をしている襟糸《えりいと》にとって、自分の教え子以外《いがい》はライバルだからな」

「……じゃあ、就職《しゅうしょく》に失敗《しっぱい》したとか、結婚《けっこん》に失敗《しっぱい》したおうちとかは？」

「そっちはまだよくわからないが……たぶん、何か理由があるんだろ。襟糸《えりいと》のうらみを買った理由が」

キレイが青い顔で言う。

「ボク、王道塾《じゅく》に通っていません」

「……ってことは、まだ続《つづ》くかもな。お前へのいやがらせ」

キレイがますます青くなる。オレはがまんできなくなって言った。

「襟糸《えりいと》先生に言って、やめさせようよ！」

「そうしたいのは山々だが、この映像《えいぞう》じゃ顔まで映《うつ》ってないし、証拠《しょうこ》として突《つ》きつけるにはちと弱い。よし――潜入捜査《せんにゅうそうさ》だ」

「センニュウソウサ？」

「『王道塾《じゅく》』に潜《もぐ》りこんで、証拠《しょうこ》を手に入れるんだ。アイツが落書き犯《はん》だという、揺《ゆ》るがない証拠《しょうこ》をな」

オレはキレイと顔を見合わせる。うっひゃー。スパイみたい。

「向こうも『見学に来て』と言っていたし、ちょうどいい。マモル、次のミッションだ。ママに頼《たの》んで、いっしょに見学に付《つ》き合《あ》ってもらえ。捜査《そうさ》の指示《しじ》はいつも通り、アタシがスマホから出すから」

「え、ヤダよ」

オレは身ぶるいする。

「お母さんに見学したいなんて言ったら、本当に『王道塾《じゅく》』に通わされちゃうよ。今通ってる塾《じゅく》はソータたちもいるし、変《か》わりたくないよ。それに、お母さんがいっしょにいたら、見学中にソウサなんてできないよ」

「ボクも、マモルくんに同じ、です」

うーん、とアバターの姉ちゃんが腕《うで》を組む。

「でもなあ。見学は保護者同伴《ほごしゃどうはん》で、って塾《じゅく》のホームページにも書いてあるし。親以外《いがい》で見学に付《つ》きそえる、年上の保護者《ほごしゃ》で暇《ひま》そうな人物なんて、そう簡単《かんたん》には……」

「「あ」」

そこで、キレイと目があった。

二人して、じっと画面の姉ちゃんを見つめる。姉ちゃんはきょとんとしたが、すぐにオレたちの考えに気づいたみたいで、ピキンと石みたいに固《かた》まった。

「え、アタシ？　ムリ」

バタバタと、ニワトリみたいに暴《あば》れだす。

「ムリムリムリムリ！　アタシが何年引きこもってると思ってるんだ。アバターを使わずに外出して、なおかつ見ず知らずの他人と会話するなんて、そんなの絶対《ぜったい》にムリだからな」

「どうしてもだめ、姉ちゃん？」

「うん。天地がひっくりかえっても、ムリ」

「ムリって言ったのに……」

次の日。オレとキレイは姉ちゃんを何とか説得《せっとく》して、王道塾《じゅく》に来た。

「しかたないだろ。姉ちゃん、キレイのだいじなレアカードをもらっちゃったんだから」

「マモルくんのメンツも、ありますし」

二人で言いながら、いやがる姉ちゃんの背中《せなか》をぐいぐいと押《お》す。

王道塾《じゅく》は、町から少し離《はな》れた森の中にあった。高いコンクリートの塀《へい》に囲《かこ》まれていて、まわりは薄暗《うすぐら》くて、空ではカラスがぎゃあぎゃあ鳴いている。なんか塾《じゅく》っていうより、刑務《けいむ》所《しょ》みたい（入ったことないけど）。

「待って。吐《は》きそう」

門の前まで来ると、姉ちゃんは急にしゃがんで、うええ、と吐《は》くまねをした。「……やっぱり、帰りましょうか？」と、キレイが心配そうにきいてくる。

「だいじょうぶ。あれは姉ちゃんが緊張《きんちょう》したときの、儀式《ぎしき》みたいなものだから……じゃあ呼《よ》ぶよ、姉ちゃん」

オレはそう言って、門のインターホンのボタンを押《お》す。とたんに姉ちゃんがそわそわし始めた。

「ね、ねえ、マモル。アタシ、ちゃんとした格好《かっこう》してる？　髪《かみ》、はねてない？　ジャージは一応《いちおう》、新品を着てきたんだけど……」

「……だいじょうぶ。なにも問題ないよ、姉ちゃん」

ふつうこういうとき、大人はジャージを着ないと思うんだけど、それを言うと姉ちゃんはきっとパニクっちゃうから、言わない。

インターホンから「はあい、今行きまーす」と明るい声がして、門が開いた。若《わか》い大人の女の人が出てきて、姉ちゃんの服装《ふくそう》を見て少しぎょっとしたけど、すぐにニコッと笑《わら》う。

「ようこそ、王道塾《じゅく》へ。見学を予約《よやく》された綿引《わたひき》さんですね。お待ちしていました」

「…………」

姉ちゃんが、銅像《どうぞう》みたいに固《かた》まっている。

「では、中を案内《あんない》しますね。ところで、綿引《わたひき》さんはずいぶんお若《わか》く見えますが、お姉さまですか？」

「…………」

「いえ、もちろん、お姉さまでもかまわないのですが。ただ中学受験《じゅけん》では親子面接《めんせつ》のある学校もありますので、もし親御《おやご》さまがいらっしゃるなら、いずれ来ていただいたほうが――」

「…………」

「綿引《わたひき》さん?」

ヤバい。

オレたちがあわててフォローしようとすると、案内《あんない》の女の人は急に立ち止まって、「あっ、そうか」とぱちんと手をたたいた。

それから姉ちゃんの手をぎゅっと握《にぎ》って、同情《どうじょう》するような目で見つめる。

「ごめんなさい、気づかなくて。いいですよ、無理《むり》して答えなくて。それじゃあさっそく、中を案内《あんない》しましょうか」

「……え? あ、いや。見学者はアタシじゃなくて——」

「だいじょうぶ。うちは不登校《ふとうこう》の子向けのコースも充実《じゅうじつ》しているし、人としゃべるのが苦手な子もいっぱいいるから。きっとすぐ、みんなと打《う》ち解《と》けるわ」

オレとキレイはピンときて、すばやく目配せする。

「姉ちゃん、がんばれ! オレ、応援《おうえん》してるから!」

「さあ、お姉さん。勇気《ゆうき》を出して。引きこもり脱出《だっしゅつ》への、第一歩です」

「へ? お前ら、何を言って……あ、ちょっと。あああ……」

姉ちゃんが散歩《さんぽ》をいやがる犬みたいに引きずられていく。どうやらあの女の人、姉ちゃんを「不登校《ふとうこう》の子」と勘違《かんちが》いしたみたい。それでオレたちじゃなくて、姉ちゃんのほうを「見学希望者《きぼうしゃ》」だと思いこんじゃったわけだ。

まあ、潜入《せんにゅう》できれば問題ないし、結果《けっか》オーライ？

「ここが教室。となりにあるのが休憩室《きゅうけいしつ》で、お菓子《かし》も食べ放題。窓《まど》の外に見える離《はな》れの建《たて》物《もの》は、お泊《と》まりもできる塾生《じゅくせい》用の『勉強寮《りょう》』で……」

親切に説明《せつめい》してくれる女の人のあとを、姉ちゃんは死んだ金魚みたいな目でついていく。

一回り見学してから、案内《あんない》の人は「じゃあこのあと、『体験《たいけん》学習』してもらうから、時間まで休憩室《きゅうけいしつ》で待っててね」と言って、どこかに去っていった。三人だけになると、オレは姉ちゃんに近づいて、ささやく。

「姉ちゃん。今は、オレたちしかいないよ」

姉ちゃんの目が、だんだん光を取りもどしてきた。

「――はっ、マモル？　ここはどこだ。アタシは今、いったい何を――」

姉ちゃん、記憶《きおく》を失《うしな》ってたみたい。

「あれえ？　綿引《わたひき》くんと雨洗《あめあらい》くんだ」

するると、女の子の声がした。振《ふ》り向《む》くと、勉強道具をかかえたサナちゃんが、うれしそうな顔で休憩室《きゅうけいしつ》に入ってくる。

「綿引《わたひき》くんたちも、『王道塾《じゅく》』に入るの？　やったあ。仲間《なかま》が増《ふ》えてサナ、うれしいな」

そういえばサナちゃん、この塾《じゅく》に通ってるんだっけ。オレたちはちょっと迷《まよ》って、案内《あんない》の人が勘違《かんちが》いしたみたいに、見学希望者《きぼうしゃ》は姉ちゃんだと嘘《うそ》をついた（本当のことを言うと、サナちゃんが襟糸《えりいと》先生に教えちゃうかもしれないから）。

「そうか。入るのは綿引《わたひき》くんたちじゃなくて、お姉さんなんだ……」

サナちゃんは少し寂《さび》しそうに言ってから、姉ちゃんを見上げる。

「この人が、綿引《わたひき》くんのお姉さん？　わあ、初《はじ》めて本物を見た」

「や、やあ。サナちゃん……」

姉ちゃんがぎこちなく手を上げる。姉ちゃんは大人相手だと緊張《きんちょう》するけど、オレたちくらいの年下の子となら、何とかしゃべれる。

「不登校《ふとうこう》コースってことは……お姉さん、これから『アートセラピー』の体験《たいけん》学習をするんですか？」

「アートセラピー？　なにそれ？」と、オレ。

「なんかね、ペンキのスプレーを使って、お絵かきするの。そうすると、心が病気の人も明るい気持ちになるんだって。サナも一度だけ参加《さんか》したことあるけど、楽しいよ」

スプレー？

オレとキレイはハッとする。姉ちゃんもようやく、目が覚《さ》めたような顔つきで、頭のうしろで手を組みながら言った。

「へえ、そんなのがあるんだ。いやあ、楽しみだなあ。ところでそのお絵かきに使うスプレーって、どこのメーカーのかな？　実はアタシも絵を描《か》くのが好《す》きで、スプレーにはこだわりがあってさ。ちょっと確《たし》かめたいなー」

「スプレーなら、『勉強寮《りょう》』の物置《ものおき》にあると思うけど……」

サナちゃんが首をかしげて、オレに小声できいてくる。

「お姉さんのお仕事って、もしかしてマンガ家さん？」

「う、うん……まあ、そんな感じ」

てきとうにごまかす。へえ、とサナちゃんは少し見直した目で姉ちゃんを見た。

すると。

「ピーッ――サナさま、スケジュールが五分の遅《おく》れです」

いきなり、機械《きかい》の声がした。そこでオレは、サナちゃんのうしろに変《へん》なロボットがいることに気づいた。サナちゃんの半分くらいの背《せ》たけで、足は戦車《せんしゃ》みたいなキャタピラになっている。

「なに、これ？」

「アシスタントロボットの『ミハール』。塾生《じゅくせい》がちゃんとスケジュール通り勉強してるか見《み》張《は》ってて、サボると注意してくるの――たいへん。サナ、もう行かなきゃ」

「授業《じゅぎょう》？」

「ううん。サナ、泊《と》まりこみで勉強してるの。今は勉強寮《りょう》の自分の部屋で、自習している時間。襟糸《えりいと》先生が立ててくれたスケジュールだから、守らなきゃ……」

サナちゃんが振《ふ》り返《かえ》ろうとして、ふらっとバランスを崩《くず》した。オレはびっくりして、キレイといっしょにあわてて支《ささ》える。

「だいじょうぶ、サナちゃん？　なんか顔色が良《よ》くないけど」

「うん、ごめん……サナ、あまり寝《ね》てなくって」

「睡眠《すいみん》時間を削《けず》って勉強しても、逆《ぎゃく》に効率《こうりつ》悪いですよ」と、キレイ。

「うん……でもサナ、最近成績落《さいきんせいせき》ちてるし。このままじゃ、合格《ごうかく》コースからダツラクしちゃう」

サナちゃんは無理《むり》っぽく笑《わら》うと、少し下を向いて、消えそうな声で言った。

「サナ、勉強してないと、不安《ふあん》なの」

サナちゃんとロボットが出ていくと、オレたちもこっそり「勉強寮《りょう》」に向かった。あとをつけたわけじゃなくて、目的《もくてき》は寮《りょう》の「物置《ものおき》」だ。

「シシシ。そこでヤツが使ったスプレーが見つかりゃ、一発だぜ」

悪者みたいな笑《わら》い方《かた》をする姉ちゃんの横で、キレイが少し暗い顔をする。

「サナさん、すごく勉強してますね。ボクもがんばらなきゃ……」

「中学受験《じゅけん》って、そんなにたいへん？」

「はい。ライバルがいっぱいです」

話しているうちに、物置《ものおき》についた。中は薄暗《うすぐら》くて、チョークやノートなどの文房具《ぶんぼうぐ》が詰《つ》まった段《だん》ボールのほかに、実験《じっけん》用の三角フラスコやアルコールランプ、体重計みたいなデジタルのはかりとかを置《お》いた棚《たな》まである。理科の準備《じゅんび》室みたい。

「ん？　なんだこりゃ。やけに太いロウソクだなと思ったら、アロマキャンドルか。こいつもセラピー用か？　ちょうどいい、使ってやろう」

姉ちゃんがコップに入ったオレンジのロウソクを見つけて、火をつける。あたりがぽわんと明るくなって、よく見えるようになった（ついでにいいにおいもした）。

「お。これか」

姉ちゃんが棚《たな》の一つに近づいた。そこには、あの映像《えいぞう》で見たのと同じスプレー缶《かん》がずらりと並《なら》んでいた。

いち、に、さん……と、キレイが数える。

「ぜんぶで、32本ありますね」

「しかもどれも同じ購入《こうにゅう》日で、赤ばっかりだ。セラピーで赤が人気なんだろうな――まあいい、調べるぞ、マモル」

「なにを？」

「指紋《しもん》だ。アイツがここのスプレーを使ったなら、どこかにアイツの指紋《しもん》がついた缶《かん》があるはず。そいつを見つけるんだ」

「指紋《しもん》って、なに？」

「指のあとのこと。白い粉《こな》とかをかけると浮《う》かび上《あ》がって、模様《もよう》は一人ひとりでちがうから、それを見ればだれがさわったかわかる。刑事《けいじ》ドラマによくあるだろ。この物置《ものおき》にはちょうどおあつらえ向きに白いチョークがあるし、パソコンにはアタシが昔作った『指紋照合《しもんしょうごう》アプリ』も入っているからな。缶《かん》についた指紋《しもん》はすぐに調べられる」

なんでそんなもの作ったの、姉ちゃん?

「でも……そのスプレー、襟糸《えりいと》先生が持ち帰っちゃったってことはありませんか?」と、キレイ。

「いや。今塾《じゅく》のシステムをハッキングして調べてみたが、最近購入《さいきんこうにゅう》したスプレー缶《かん》は32本。ここにある数といっしょだ。あの動画に映《うつ》っていたスプレー缶《かん》の備品《びひん》ラベルにも同じ購入《こうにゅう》日が書いてあったから、この中の一本を使ったことはまちがいない。盗《ぬす》んだままだとあとでバレるから、戻《もど》したんだろう」

ノートパソコンをいじりながら、姉ちゃんが言う。

「これ、一本一本指紋《しもん》を調べるの?」

「いや、それだとさすがに時間がかかりすぎる。あれを使おう」

姉ちゃんが床《ゆか》にある体重計みたいなものを指さす。オレは首をひねった。

「あれって……デジタルのはかり？」

それでどうやって？と、もう一度きこうとした、そのとき――。

「何やってるんだ、君たち？」

物置《ものおき》の入り口から、声がした。スプレー缶《かん》の重さを量《はか》っていた姉ちゃんが「ぴいっ！」と笛みたいな音を出して、すばやく棚《たな》のうしろに隠《かく》れる。

入ってきたのは、襟糸《えりいと》先生だった。先生は固《かた》まるオレとキレイの顔をのぞきこんで、首をひねる。

「ん？　塾生《じゅくせい》じゃないな。君たちは確《たし》か、サナちゃんの――」

「観念《かんねん》しろ、このエリート落書き魔《ま》」

オレのスマホから、急に大きな声が聞こえた。

「お前の悪事は、このアバター探偵《たんてい》『こもりん』がすべてお見通しだ。アタシの名推理《めいすいり》を聞きながら、ふるえてママのおっぱいでもしゃぶってろ」

ポケットからスマホを出す。アバターの姉ちゃんが、びしっと指をつきつけてキメ顔で言っていた。――アバターだと強気だなあ、姉ちゃん。

「……悪事？　こもりん？　いったい何の話だ？」

困惑《こんわく》している襟糸《えりいと》先生に、オレとキレイはかわりばんこで事情《じじょう》を説明《せつめい》する。聞き終えると、先生は片手《かたて》で顔をおおって、「アッハッハ」と笑《わら》いだした。

「なるほど。つまり君たちは、僕《ぼく》がその『落書き魔《ま》』だと勘違《かんちが》いしているわけだ。とんだ濡《ぬ》れ衣《ぎぬ》だね。僕《ぼく》は天に誓《ちか》って落書きなんてしてないし、そこのスプレー缶《かん》には指一本だって触《ふ》れていない」

「勘違《かんちが》いかどうかは、指紋《しもん》を調べりゃすぐにわかるぜ」

「どうぞお好《す》きに――と言いたいところだが、残念《ざんねん》。そうもいかないんだ。もうすぐ〈アートセラピー〉が始まるところでね。そこのスプレー缶《かん》を、今すぐ持って行かなきゃならない」

襟糸《えりいと》先生が棚《たな》に近寄《ちかよ》ってくる。マズイ、とオレはあせった。ここで缶《かん》を持って行かれたら、証拠《しょうこ》がなくなっちゃう！

「五分くれよ」と、姉ちゃん。「五分で、証拠《しょうこ》のスプレー缶《かん》を見つけてやるから」

「五分は長い。ほかのスケジュールも押《お》してるんだ」

「じゃあ、五回。そこのはかりを五回、使わせてくれればいい。それだけで当ててやる」

「はかり？」

襟糸《えりいと》先生が立ち止まって、フフッと笑《わら》う。

「いったい何をするつもりやら……。まあ、それくらいなら許《ゆる》そう。ただし、もしそれで見つからなかったら、君たちは金輪際《こんりんざい》、僕《ぼく》を疑《うたが》わないと誓《ちか》ってくれ。あと、一回に十秒以上《いじょう》かけるのもなしだ」

えっ、とオレはキレイと顔を見合わせる。たった五回、はかりで量《はか》るだけ？　缶《かん》は32本もあるのに？

そんなんじゃ見つかりっこないよ——と、心配するオレたちをよそに、アバターの姉ちゃんはニヤッと不敵《ふてき》に笑《わら》って、自信満々《じしんまんまん》に答える。

「上等。あとで吠《ほ》え面《づら》かくなよ、エリート落書き魔《ま》先生」


「バカな……そんな強運……」

襟糸《えりいと》先生が、ぼう然《ぜん》とした顔でひざをつく。

宣言《せんげん》通り、姉ちゃんはたった五回量《はか》った（正確《せいかく》には、オレたちに量《はか》らせた）だけで、証拠《しょうこ》の缶《かん》を見つけてしまった。

姉ちゃんの選《えら》んだ缶《かん》には、ちゃんと襟糸《えりいと》先生の指紋《しもん》があった（例《れい》のチョークの粉《こな》と姉ちゃんの『指紋照合《しもんしょうごう》アプリ』で、確認《かくにん》した)。どうして姉ちゃんがその缶《かん》を見つけられたのか、まだよくわからないけど——犯人《はんにん》はやっぱり、襟糸《えりいと》先生!

「運じゃねえ。『アルゴリズム』だ」

姉ちゃん(本体)は格好《かっこう》つけて言うと、棚《たな》のうしろに隠《かく》れたまま格好悪《かっこうわる》く手を出す。

「よし、マモル。そいつを渡《わた》せ。これと防犯《ぼうはん》カメラの動画を警察《けいさつ》に提出《ていしゅつ》すりゃ、ジ・エンドだ」

すると。

「そうは、させるかっ!」

突然《とつぜん》、襟糸《えりいと》先生がとびかかってきた。

オレはびっくりして、缶《かん》を落とす。襟糸《えりいと》先生はジャンプすると、缶《かん》を思い切り踏《ふ》みつけた。

ブシュー!と音がして、まわりに赤いペンキの煙《けむり》が飛《と》び散《ち》る。

「こんな証拠《しょうこ》、踏《ふ》みつぶしてやる!」

「あ、バカ! こんな狭《せま》いところで、缶《かん》をつぶしたりしたら——」

姉ちゃんがさけんだ、次の瞬間《しゅんかん》――。

ボンッ！と真っ赤な火が燃《も》え上《あ》がった。

「な、なんだ？」

あわてる襟糸《えりいと》先生に、姉ちゃんが言う。

「スプレー缶《かん》のガスに、アロマキャンドルの火が引火したんだ。スプレー缶《かん》には燃《も》えやすいガスが使われてて、よく火災事故《かさいじこ》が起きるからな」

襟糸《えりいと》先生が、へなへなと尻《しり》もちをつく。

「僕《ぼく》のせいじゃない……僕《ぼく》のせいじゃ……」

「そんなのどうでもいい！　それよりマモル、キレイ。逃《に》げるぞ！　この火の勢《いきお》いだと、じきにこの寮《りょう》が丸ごと火事になる！」

「待って、姉ちゃん！」

オレはハッと思い出して、さけぶ。

「寮《りょう》っていえば、今――」

「サナちゃんだろ？　わかってる、今呼《よ》びに行く！　――襟糸《えりいと》、お前もいっしょに来い！」

姉ちゃんは棚《たな》のうしろから飛《と》び出《だ》してくると、襟糸《えりいと》先生の首根っこをつかんで、外にひきずっていく。オレとキレイも、あわててあとを追った。

「うわ……なんだよここ、監獄《かんごく》か？」

襟糸《えりいと》先生を連《つ》れて寮《りょう》に入った姉ちゃんが、あきれた声を出す。

そこは本当に、何にもないところだった。灰色《はいいろ》のコンクリートの壁《かべ》に、真っ黒なドアが並《なら》んでいるだけ。廊下《ろうか》には絵も花瓶《かびん》も、絨毯《じゅうたん》だってない（「さっぷうけい」ってやつ？）。

「塾《じゅく》の方針《ほうしん》で、余計《よけい》なものは置《お》いてないんだ。集中力のさまたげになるから……」

襟糸《えりいと》先生が言うと、姉ちゃんは「ゲロゲロ」といやそうに顔をしかめる。

「アタシでも引きこもりたくないな、ここには……。お？　あれは、例《れい》の『ミハール』ってヤツか？」

廊下《ろうか》の真ん中に、あのアシスタントロボットがいた。火事にはぜんぜん気づいていないみたいで、ぼうっと突《つ》っ立《た》っている（気づいても同じかもしれないけど）。

「おい、クソAI《エーアイ》！　今寮《りょう》に残《のこ》っている人間はいるか？」

姉ちゃんが呼《よ》びかけると、ロボットの目がピカピカと点滅《てんめつ》した。

「ピー……ハイ。現在《げんざい》、利用者《りようしゃ》は一名。富安田佐那《ふあんださな》さまが、自室で勉強中です」

「どの部屋だ、教えろ！」

「ピー……顔認証失敗《にんしょうしっぱい》。関係者以外《かんけいしゃいがい》に、塾生《じゅくせい》の個人情報《こじんじょうほう》を教えることはできません」

「ちっ、面倒《めんどう》な——おい、面貸《つらか》せ、襟糸《えりいと》！　お前の顔なら認証《にんしょう》通るだろ！」

「ピー……顔認証成功《にんしょうせいこう》。襟糸優《えりいとすぐる》さまご本人を確認《かくにん》しました。ただし、襟糸優《えりいとすぐる》さまには寮情報《りょうじょうほう》のアクセス権限《けんげん》がありません。寮《りょう》の管理権限者《かんりけんげんしゃ》をお呼《よ》びください。電話番号は——」

「寮《りょう》の管理者《かんりしゃ》と、講師《こうし》は別《べつ》なんだ……」

姉ちゃんに頭をつかまれながら、襟糸《えりいと》先生がうなだれて言う。

「サナちゃん！　サナちゃん！」

オレたちはドアをたたいて回りながら、かたっぱしから開けようとした。でもどのドアも鍵《かぎ》がかかっていて、中から返事もない。

「ドアは電子ロック式で、開けるにはパスワードが必要《ひつよう》だ。そのパスワードは本人が設定《せってい》するから、もちろん僕《ぼく》は知らない。それに部屋の防音《ぼうおん》は完璧《かんぺき》だから、もし中で眠《ねむ》っていたりすれば、ドアをたたいてもたぶん気づかない……」

そういえばサナちゃん、寝不足《ねぶそく》だったっけ。

姉ちゃんが「ちっ」と舌打《したう》ちして、表示《ひょうじ》された番号に電話をかけた。

「……クソ、出ねえな。こいつもパチンコでもしてんのか？」

「寮《りょう》の管理者《かんりしゃ》は常駐《じょうちゅう》していないんだ。基本《きほん》、ＡＩ《エーアイ》に管理《かんり》をまかせてるから……」

「姉ちゃん、『ハッキング』できない？」

「やってるが、こっちのシステムはちょっと守りが堅《かた》いな。今から突破《とっぱ》するには時間がかかりすぎる」

姉ちゃんは片手《かたて》で電話、片手《かたて》でノートパソコンのキーボードを忙《いそが》しそうにたたきながら、答える。

「襟糸《えりいと》。お前の権限《けんげん》で、ドアを開けられないか？」

「襟糸《えりいと》さまの権限《けんげん》ですと、あと三回までパスワードのリセットが可能《かのう》です」

ロボットが代わりに答える。襟糸《えりいと》先生が弱々しく言った。

「たまに自分の部屋のパスワードを忘《わす》れる子がいるから、講師権限《こうしけんげん》でリセットできるようになっているんだ。もちろんだれがしたかは記録《きろく》されるし、回数に制限《せいげん》もあるが……」

「――つまり、お前の権限《けんげん》でパスワードをリセットすりゃ、三回までドアが開けられる、っ

てことか」

姉ちゃんが手を止めて、腕組《うでぐ》みした。廊下《ろうか》の左右と奥《おく》に並《なら》んだ黒いドアを見ながら、言う。

「なあ、襟糸《えりいと》。サナちゃんの部屋を特定《とくてい》する情報《じょうほう》って、何かないか？」

「わからない……けど確《たし》か、部屋は出席番号順《しゅっせきばんごうじゅん》に割《わ》り振《ふ》られているはずだ。手前の左側《ひだりがわ》の部屋から、ぐるっと時計回りに」

出席番号順《しゅっせきばんごうじゅん》――名前のアイウエオ順《じゅん》、ってこと？

「サナちゃんは『ふあんだ』だから、きっとうしろのほうだよ！」

オレはピンとひらめいて、さけぶ。姉ちゃんがしぶい顔をした。

「確率的《かくりつてき》にはな。けどもし、『わたなべ』が五人いたら？」

「『わたなべ』が五人なんて、ふつういないよ！」

「でも、ゼロとは言えないだろ。『まつい』とか『みよし』とか、マ行の名前もいっぱいあるし……。もっと慎重《しんちょう》になれ、マモル。サナちゃんの命がかかってるんだ。三回で見つけられなかったら、サナちゃんが焼《や》け死《し》んじゃうんだぞ」

焼《や》け死《し》んじゃう、という言葉にゾッとした。そうか。もし三回以内《いない》に部屋を当てられなきや、サナちゃんはこのまま火事で——。

「これまでみたいに、お姉さんの勘《かん》で何とかなりませんか？」と、キレイ。

「勘《かん》じゃねえ。『アルゴリズム』だ」

そこでオレは、ずっと不思議《ふしぎ》に思っていたことを、きいた。

「そういえば姉ちゃんは、これまでどうやって当ててきたの？」

「知りたいか？」

姉ちゃんがニヤリと笑《わら》う。

「アタシが当ててきたのは、もちろん勘《かん》や当てずっぽうじゃない。それは、ちゃんとしたアルゴリズムに基《もと》づく思考——その名も、『**バイナリ・サーチ**』だ」

「バナナサーチ？」

「バイナリ・サーチ。日本語で言うと『二分探索《にぶんたんさく》』だな。バイナリっていうのは二つって意味で、サーチは探索《たんさく》、つまり探《さが》すこと——何かを探《さが》すアルゴリズムのことを『サーチ・アルゴリズム』っていうんだが、その中でいちばん有名なアルゴリズムが、この『バイナリ・サーチ』だ」

急にいろんなカタカナが出てきて、頭の中がはてなマークだらけになる。

「よくわからないけど……今回も、その『アルゴリズム』で当てられる?」

姉ちゃんは不敵《ふてき》に笑《わら》うと、オレの頭をポンとたたいて、言った。

「まかせろ。百パーセントの確率《かくりつ》で、当ててやる」


「まず、問題を整理する」

と、姉ちゃんは廊下《ろうか》を指さしながら言う。

「この廊下《ろうか》には今、七つのドアが並《なら》んでいる。左側《ひだりがわ》に三つ、突き当《つあ》たりに一つ、右側《みぎがわ》に三つだ。部屋は名前のアイウエオ順《じゅん》に割《わ》り当《あ》てられていて、その方向は左側《ひだりがわ》の手前の部屋から、ぐるっと時計回り。そしてその中に、『富安田佐那《ふあんださな》』ちゃんがいる。

そしてドアを開けられるのは、三回まで。その三回以内《いない》に、必《かなら》ずサナちゃんの部屋を見つけなきゃならない――まちがいを避《さ》けるために、これからはドアを番号で呼《よ》ぼう」

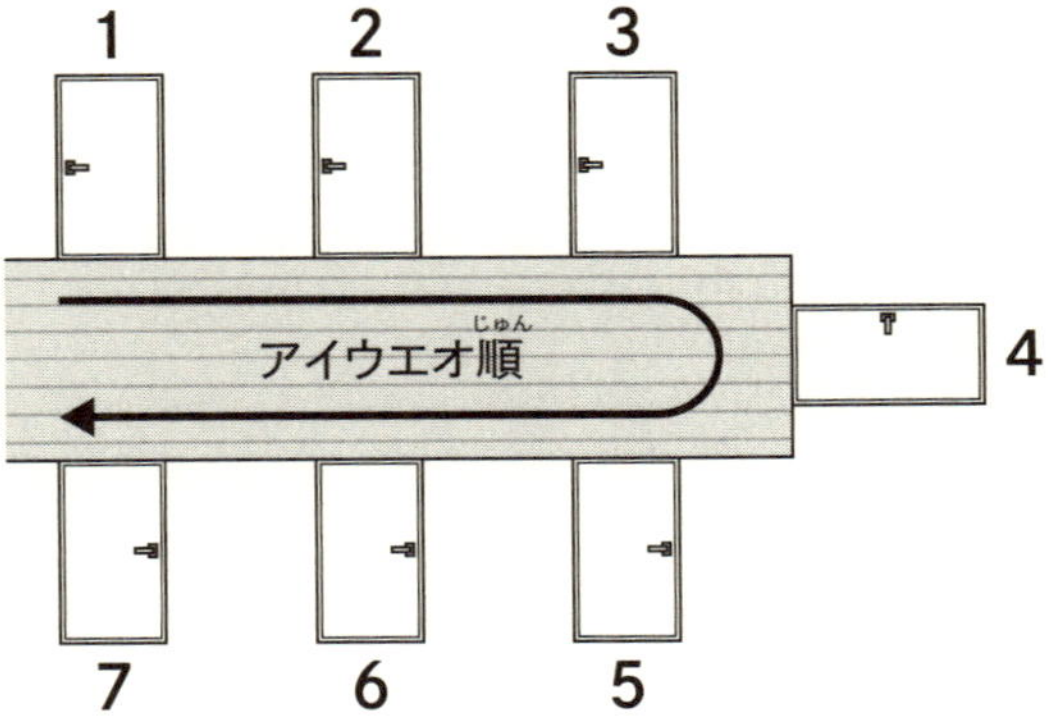

残《のこ》り3回

「さて、マモル。この条件《じょうけん》なら、どの部屋のドアを最初《さいしょ》に開ければいいと思う？」

「やっぱり『ふ』だから……うしろのほうで、６番の部屋？」

「ブー。不正解《ふせいかい》」

姉ちゃんが廊下《ろうか》を歩きだし、突《つ》き当《あ》たりの部屋まで行く。

「答えは——真ん中。４番だ。襟糸《えりいと》、４番のパスワードをリセットさせろ」

襟糸《えりいと》先生がロボットに何か言う。

「ピーッ……リセットしました」という声がして、ドアが開いた。

姉ちゃんといっしょに飛びこむ。

中を見て、オレはがっかりと肩《かた》を落とした。

「サナちゃん、いないよ！」

「ここはハズレだな。この部屋の生徒《せいと》の名前は……『間宮《まみや》』か」

姉ちゃんが机《つくえ》の勉強道具に書かれた名前を見て、つぶやく。

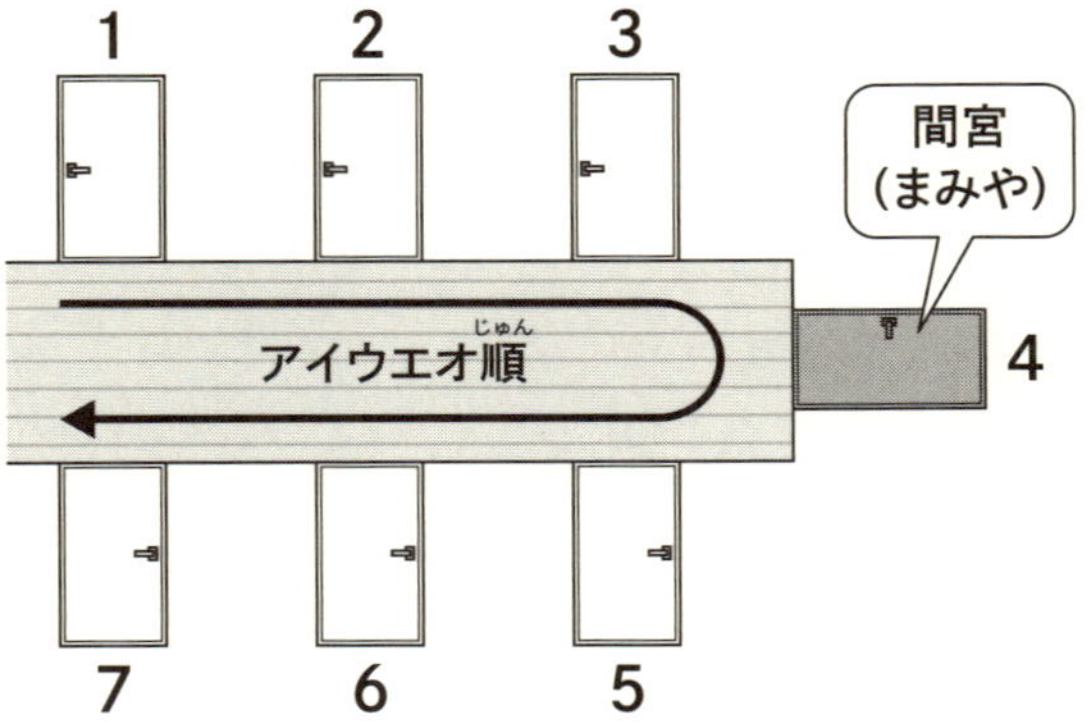

残《のこ》り2回

「マモル。次はどこにする？」

「『ふ』は『ま』に近いから……一つ前の部屋で、３番？」

「ブー。不正解《ふせいかい》」

姉ちゃんが部屋を出て、また廊下《ろうか》に立つ。

「確《たし》かに『ふ』は『ま』に近い。けどここで確実《かくじつ》に言えるのは、『ふ』の部屋は『ま』よりも前、つまり1番から3番のどれか、ということだけだ。

だから次に選《えら》ぶのは、今度も残《のこ》りの三つの真ん中——２番だ」

襟糸《えりいと》先生に二回目のリセットをさせて、２番の部屋を開ける。

中にはだれもいなかった。

またハズレ。

「ここは『保坂《ほさか》』か。じゃあ、次はどこを開ける？」

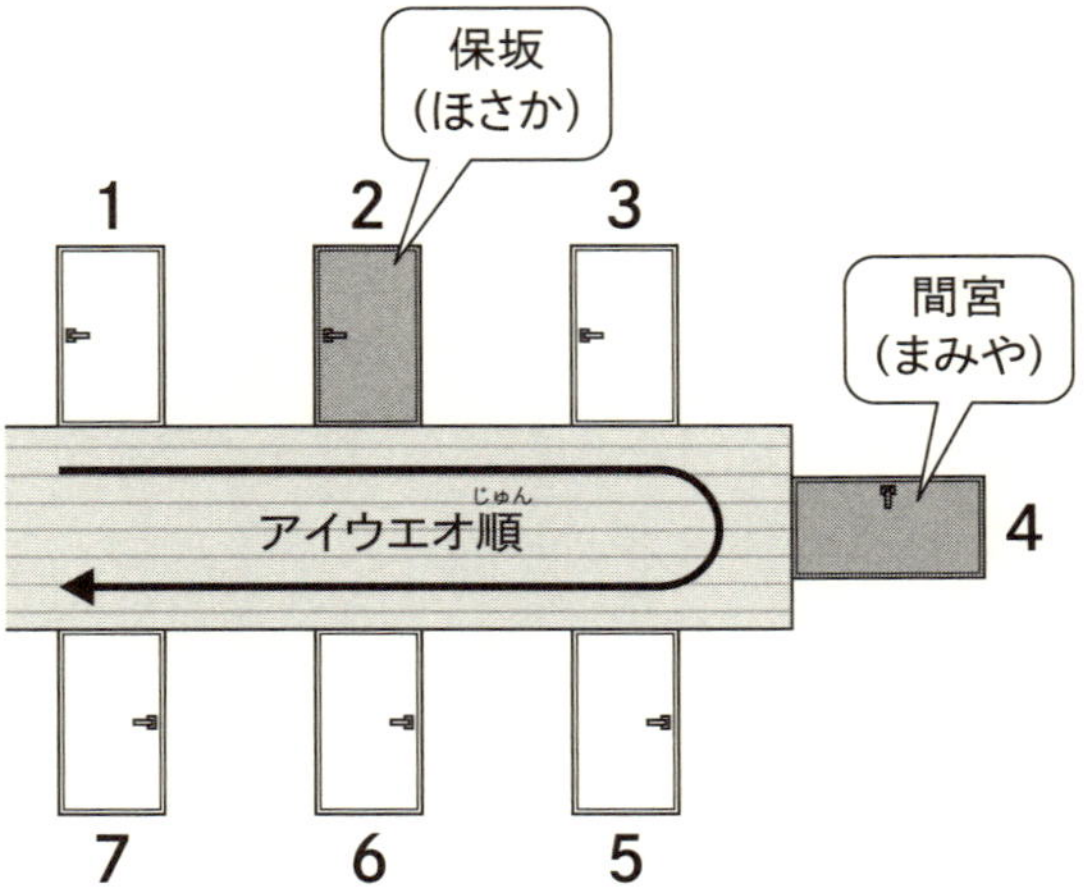

残《のこ》り1回

オレとキレイはハッとして、いっしょにさけんだ。

「『ふ』は『ほ』より前だから、1番！」

「今度は、正解《せいかい》」

姉ちゃんが1番の部屋を開ける。

すばやく駆《か》けこんだオレたちは、うれしさで跳《と》び上《あ》がった。

「サナちゃん！」

そこには机《つくえ》ですやすや眠《ねむ》る、サナちゃんがいた。


「本当に、ありがとうございます」

サナちゃんのお母さんが、頭を下げる。サナちゃんは寝起《ねお》きの顔で、となりでぼうっとしていた。まだ状況《じょうきょう》がよくわかってないみたい。

あれから消防車《しょうぼうしゃ》が来て、寮《りょう》の火事は何とか収《おさ》まった。オレたちは大人の人にいろいろ聞かれて、さっき解放《かいほう》されたところ。塾《じゅく》の休憩室《きゅうけいしつ》で話している。

「でも、『富安田《ふあんだ》』がいちばんはじめの部屋だったなんて、驚《おどろ》きです」

窓《まど》から黒こげの建物《たてもの》を見ながら、キレイが言う。

『『ふ』が出席《しゅっせき》番号のうしろのほうっていうのは、あくまで確率《かくりつ》だからな。生徒《せいと》の集まり方によっては、そういうかたよりもあるさ」

オレのスマホから声がした。まわりに知らない人が増《ふ》えたので、姉ちゃんはどこかに隠《かく》れて、アバターに入《い》れ替《か》わっている。

話を聞きながら、姉ちゃんがいてよかったなあ、と心から思った。アイウエオ順《じゅん》で「ふ」の部屋を探《さが》すなら、手前のほうなんてふつうは後回しにするだろうし。三回じゃ絶対《ぜったい》、当てられなかった。

でも――。

「姉ちゃんのやり方だと、なんで当たるの？」

オレがきくと、アバターの姉ちゃんはふふんと得意《とくい》げに胸《むね》を張《は》った。

「なんでだと思う？　アタシの言ってたことを、よく思い返してみな」

「……そういえばお姉さんは、毎回『真ん中』を選《えら》んでいました」と、キレイ。

「その通り。部屋は『アイウエオ順《じゅん》』に並《なら》んでいるから、真ん中を選《えら》べば、もしハズレても『ふ』が真ん中より前か後か判断《はんだん》できる。つまり、候補《こうほ》を『二分の一』にしぼれるんだ。そ

●4番が「まみや」なら……

「ふあんだ」は「まみや」より前なので、1〜3番にしぼれる

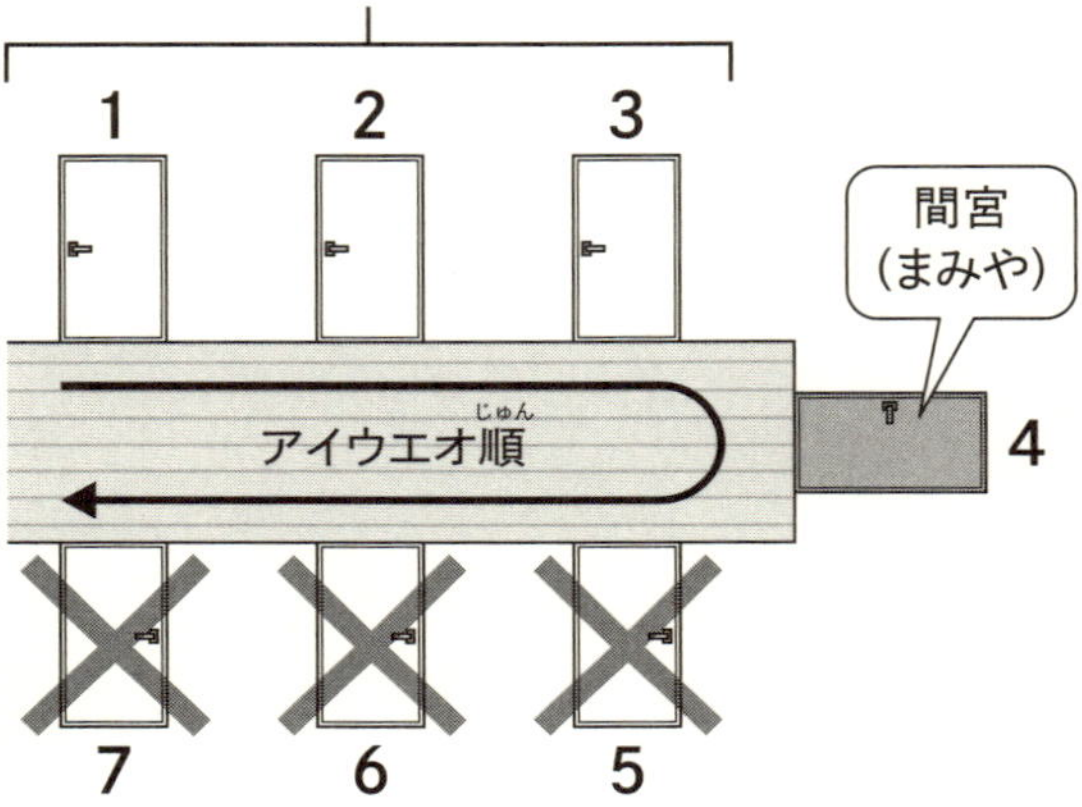

●4番が「はやし」なら……

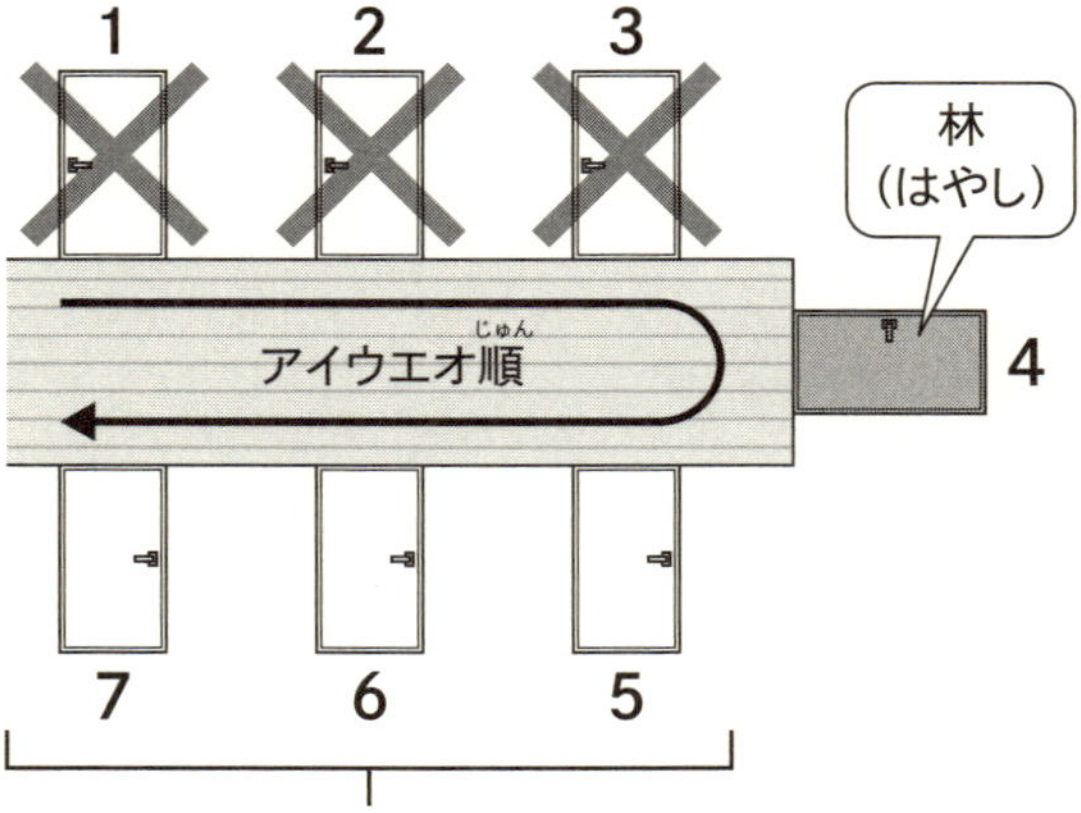

「ふあんだ」は「はやし」より後なので、5〜7番にしぼれる

4番を開ければ、次の候補《こうほ》は1〜3番か、5〜7番かの、半分にしぼれる！

うやって二分の一ずつ減《へ》らしていけば、三回目で必《かなら》ず一つにしぼれる」

キレイが「あっ」とつぶやいた。

「じゃあ、防犯《ぼうはん》カメラの映像《えいぞう》や、スプレー缶《かん》を当てられたのも？」

「ご名答。冴《さ》えてるぞ、キレイ」

姉ちゃんはうれしそうに、

「防犯《ぼうはん》カメラの映像《えいぞう》は、落書きが映《うつ》っているかどうかで、その『時間』が犯行《はんこう》の前か後か判《はん》断《だん》できる。だから真ん中の時間のファイルを開いて、そこに落書きが映《うつ》っていれば犯行《はんこう》は真ん中よりもっと前、なければもっと後ってこと。

スプレー缶《かん》は『重さ』だな。缶《かん》一個《こ》の重さは決まっているから、32本のうちの半分、16本の重さをまとめて量《はか》れば、その重さは缶《かん》一個《こ》分×《かける》16になるはず。もしそれより軽ければ、その中に使用済《しようず》みの缶《かん》があるってこと——使用済《しようず》みの缶《かん》は、使った分だけほかより少し軽くなっているはずだからな。同じなら、使用済《しようず》み缶《かん》があるのは残《のこ》りの半分。あとは同じことを繰《く》り返《かえ》して、候補《こうほ》を半分ずつ減《へ》らしていきゃあいい」

●防犯《ぼうはん》カメラの映像《えいぞう》は「時間」

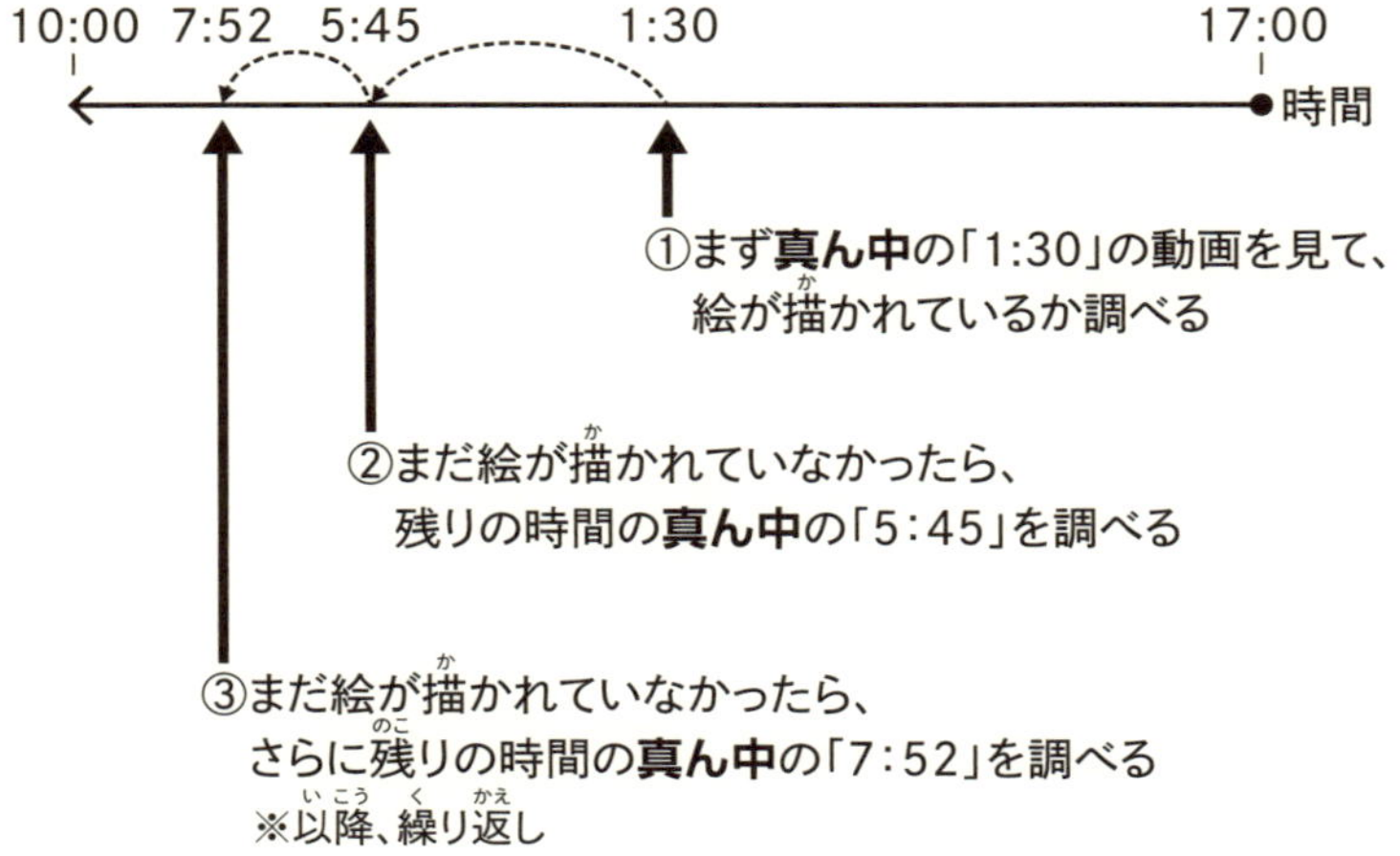
10:00　7:52　5:45　1:30　17:00
時間
①まず**真ん中**の「1:30」の動画を見て、
絵が描《か》かれているか調べる
②まだ絵が描《か》かれていなかったら、
残りの時間の**真ん中**の「5:45」を調べる
③まだ絵が描《か》かれていなかったら、
さらに残《のこ》りの時間の**真ん中**の「7:52」を調べる
※以降《いこう》、繰《く》り返《かえ》し

（絵が描《か》かれていたら、手前の時間の真ん中を調べる。
・1:30に描《か》かれていたら → 17:00と1:30の真ん中で、21:15
・5:45に描《か》かれていたら → 1:30と5:45の真ん中で、3:37）

●スプレー缶は「重《おも》さ」

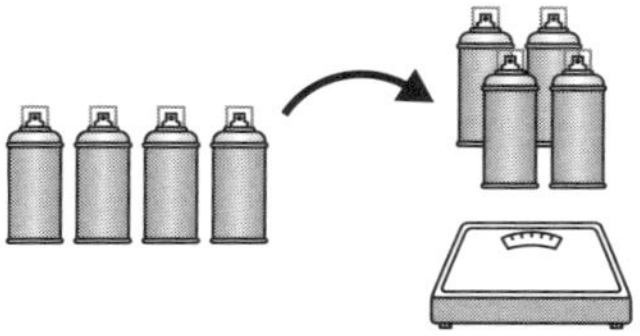

①全体の**半分**の重さを量《はか》る

②もし「一本の重さ×本数」
より軽ければ、この中に
使用済《しようず》みの缶《かん》がある
（同じなら、残《のこ》りの半分の中）

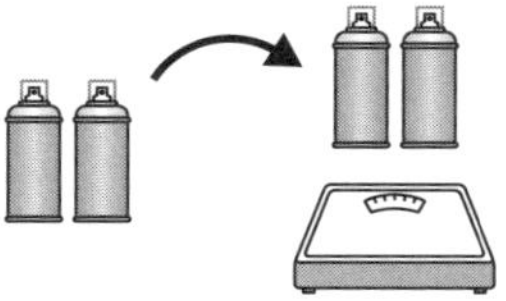

③さらに**半分**にして、また
重さを量《はか》る
※以降、繰《く》り返《かえ》し

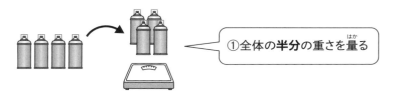

話だけだとよくわからなかったけど、姉ちゃんが描《か》いてくれた絵を見て、ようやく理解《りかい》できた（気がした）。

そこでオレも、あれ？と気がつく。

「もしかして、姉ちゃんの部屋も？」

「おっ、よく気づいたな。確《たし》かにアタシの部屋はそのテクニックを使っていて、いつも使う小物は、アタシの体を中心に時計回りにアイウエオ順《じゅん》で置《お》いてある。見つけやすいし、手を伸《の》ばせばすぐ届《とど》くし、便利《べんり》だぜ」

姉ちゃんの部屋がごちゃごちゃなのは、そういう理由か。

「まあ、見た目は最悪《さいあく》だけどな」

自覚《じかく》は、あるみたい。

「なんか綿引《わたひき》くんたち、難《むずか》しいお話をしてるね」

サナちゃんが眠《ねむ》そうな顔で、まぶたをこする。

「サナもついていけるよう、もっともっと勉強しなきゃ……」

アバターの姉ちゃんが、少し寂《さび》しそうな目をした。

「あのな、サナちゃん――人生は、一本道じゃないんだぜ」

「え？」

「サナちゃんはまわりが『良《よ》い』と決めた道を、その道順《みちじゅん》に沿《そ》って忠実《ちゅうじつ》に歩こうとしている。それはたくさんある部屋を、手前から一つ一つ開けて、中を確《たし》かめていくようなものだ。そういう探《さが》し方《かた》はアルゴリズムの世界では『線形探索《リニアサーチ》』といって、とっても効率《こうりつ》の悪い探《さが》し方《かた》なんだ。

それよりも、もっと飛《と》び飛《と》びの生き方——思い切って自分の知らない世界に飛《と》びこんでみたり、そこで合わないと思ったら、もう少し身近な世界に戻《もど》ってみたり。そんな『二分探索《バイナリサーチ》』みたいな生き方のほうが、もしかしてサナちゃんにとってぴったりの世界が、早く見つかるかもしれないぜ」

サナちゃんはきょとんとする。姉ちゃんは照《て》れくさそうに笑《わら》った。

「まあ、生きるのがつらくなったときにでも、今の言葉を思い出してくれよ。それより——」

姉ちゃんが急に声を張《は》りあげた。

「おい、襟糸《えりいと》！　てめえ、このままバックレるつもりじゃねえだろうな！」

オレたちは振《ふ》り返《かえ》った。こそこそ休憩室《きゅうけいしつ》を出ようとしていた襟糸《えりいと》先生が、ひっと跳《と》び上《あ》がる。

「に、逃《に》げるわけじゃない。これから警察《けいさつ》の取り調べがあるから――」

「その前に、ちゃんと理由を説明《せつめい》しろよ。なんでお前、キレイにいやがらせしたんだ?」

「いやがらせ? 何の話だ?」

襟糸《えりいと》先生は不思議《ふしぎ》そうな顔で首をかしげ、キレイを指さす。

「そっちの子の家には、確《たし》かに落書きした。それはあやまる。だがあれは『エンジェル・スマイル』といって、僕《ぼく》が考案《こうあん》したストリートアートなんだ」

「エンジェル……スマイル? ストリート……アート?」

「わかった。ぜんぶ白状《はくじょう》するよ」

襟糸《えりいと》先生は前髪《まえがみ》をかき上げ、フッと気取り顔で笑《わら》う。

「実は僕《ぼく》、絵が得意《とくい》でね。バンクシーっているだろ。それをまねして、有名になろうと思ったんだ。フリーランスの絵描《えか》きなんてごめんだけど、バンクシーくらい人気になれば、それだけで食べていけるからね。

でも、絵はうまいだけじゃ有名になれない。話題性《わだいせい》がなきゃ。それで考えたのが、『エンジェル・スマイル』だ。あのやさしい天使の微笑《ほほえ》みが描《か》かれた家には、幸運が訪《おとず》れる――みたいな噂《うわさ》が出ることを期待して、受験生《じゅけんせい》や結婚《けっこん》間近の住人とかがいる家をねらって描《か》いてたんだ。しかしどうも、選《えら》んだ家が悪かったみたいでね。なかなか思い通りにいかない」

オレたちは、目が点になった。

やさしい天使の微笑《ほほえ》みって……あの絵が？

じゃあ、あの不気味《ぶきみ》な笑顔《えがお》の絵は、いやがらせでもなんでもなくて——下手《へた》だから、不気《ぶき》味《み》に見えてただけってこと？

「……『疫病神《やくびょうがみ》』って、こいつみたいなやつのことじゃねえか？」

姉ちゃんがオレたちに、小声でささやく。

襟糸《えりいと》先生は急に何か思いついた顔をすると、カバンからペンとハンカチを取り出し、さささっと落書きした。

「よし、取引しよう。このことを黙《だま》っていてくれれば、この『エンジェル・スマイル』をあげる。将来僕《しょうらいぼく》がバンクシーくらい有名になったら、高く売れるから。僕《ぼく》もバンクシーと同じく、正体不明《ふめい》のアーティストとして活動したいんだ」

「えっと……」

幽霊《ゆうれい》が泣《な》きさけんでいるみたいな絵を見て、オレたちは黙《だま》りこむ。キレイとうなずきあうと、二人で声をそろえて、言った。

「「襟糸《えりいと》先生は、別《べつ》の道を探《さが》したほうがいいと思います」」

「将来《しょうらい》の夢《ゆめ》？　サッカー選手《せんしゅ》。なれなかったら？　うーん……そのとき、考える」

「ねねは、ずっとゲームできてればいいかなあ。あ、できたら、ソータくんたちといっしょに……」

「私《わたし》は、獣医《じゅうい》さんかなあ。あ、美容師《びようし》さんもいい！　ケーキ屋さんもいいし、幼稚園《ようちえん》の先生だって――うん、どれかになれればいいや！」

あれからちょっと気になって、ソータやねねちゃん、アンリちゃんにも電話で将来《しょうらい》の夢《ゆめ》をきいてみた。するとかえってきたのは、そんな答えだった。

「なんか、将来《しょうらい》を不安《ふあん》がってるのって、ボクたちだけみたいですね」

「サナ、考えすぎかな……」

キレイやサナちゃんともそんな話をして、別《わか》れる。

家に着くと、一足先に帰っていた姉ちゃんが、めずらしく二階の自分の部屋じゃなくて、一階にいた。テレビの前のソファで、だらんと溶《と》けたチーズみたいにうつぶせで伸《の》びている。

寝《ね》てんのかな？

足音を立てないようにしていると、オレに気づいた猫《ねこ》のアンコが、「にゃあん」とソファを飛《と》び移《うつ》って抱《だ》きついてきた。そのとき、姉ちゃんの頭を踏《ふ》み台《だい》にしたので、「いてっ！」と悲鳴が聞こえる。

「なあ、マモル……」

目を覚《さ》ました姉ちゃんが、ごろんと仰向《あおむ》けに転がりながら、きいてきた。

「今回、姉ちゃんがんばっただろ？　外にも出たし、知らない人といっぱいしゃべったし」

「うん」と、オレは素直《すなお》にうなずく。「姉ちゃんは、よくがんばったよ」

「なら、ほめて」

「姉ちゃんは、えらいよ」

「もっと」

「姉ちゃんは、すごくすごくえらい」

「頭も、なでて」

面倒《めんどう》くさいなあ、と思ったけど、今日は姉ちゃんにいろいろ助けてもらった恩《おん》があるので、がまんしてなでる。

えへへ、と姉ちゃんがうれしそうにした。姉ちゃんが体を起こしたので、あいたとなりにアンコをかかえながら、座《すわ》る。

「なあ、姉ちゃん」

今度は、オレから質問《しつもん》した。

「なんだ、マモル？」

「オレって将来《しょうらい》、何になりたいのかなあ。ソータたちはちゃんと夢《ゆめ》があるみたいだし、キレイやサナちゃんは受験《じゅけん》勉強してるし、襟糸《えりいと》先生だって……。でもオレは、今はやりたいこととか、なんにもないし」

ふーん、と姉ちゃんが鼻を鳴らす。それから手を伸《の》ばして、アンコの腹《はら》をなでようとした。でも、それがアンコの気にさわったみたいで、猫《ねこ》パンチでぺしっとたたき返されて、あわてて引っこめる。

「……まあ、これからじっくり探《さが》せばいいんじゃねえか。人生は長いんだ。探《さが》す時間はたっぷりある。いざとなったら、この家にいっしょに引きこもれよ。姉ちゃんが養《やしな》ってやる」

それはやだなあ、とオレはしぶい顔をする。姉ちゃんはヒヒッと笑《わら》うと、オレの肩《かた》をコン、とこぶしで突《つ》いて、言った。
「のんびり、行こうぜ」

探《さが》し物《もの》はおまかせ！

コンピューターには、たくさんのデータが保存《ほぞん》できる。だからこそ、その大量《たいりょう》のデータの中から必要《ひつよう》なものを探《さが》し出《だ》す方法《ほうほう》が研究されてきた。それが、第二話で紹介《しょうかい》した「サーチ・アルゴリズム」だ。

サーチ・アルゴリズムにはいろんな種類《しゅるい》があるけれど、データが何かの順番《じゅんばん》で並《なら》んでいる場合は、姉ちゃんが推理《すいり》に使った「バイナリ・サーチ（二分探索《たんさく》）」が力を発揮《はっき》するよ。左ページのゲームで、実際《じっさい》にそのやり方を体験《たいけん》してみよう！

「数当てゲーム」をやってみよう!

友達《ともだち》や家族に1～15の中で好《す》きな数を思《おも》い浮《う》かべてもらい、その数を当てよう。あなたは1回につき数を1つ言い、相手はその数が正解《せいかい》の数より「大きい」か「小さい」か、または「正解《せいかい》」かを答える。バイナリ・サーチを使って、答えがふくまれる範囲《はんい》のちょうど真ん中の数を言うようにすれば、必《かなら》ず4回以内《いない》で正しい数を当てられるよ。

相手が思《おも》い浮《う》かべた数が5の場合

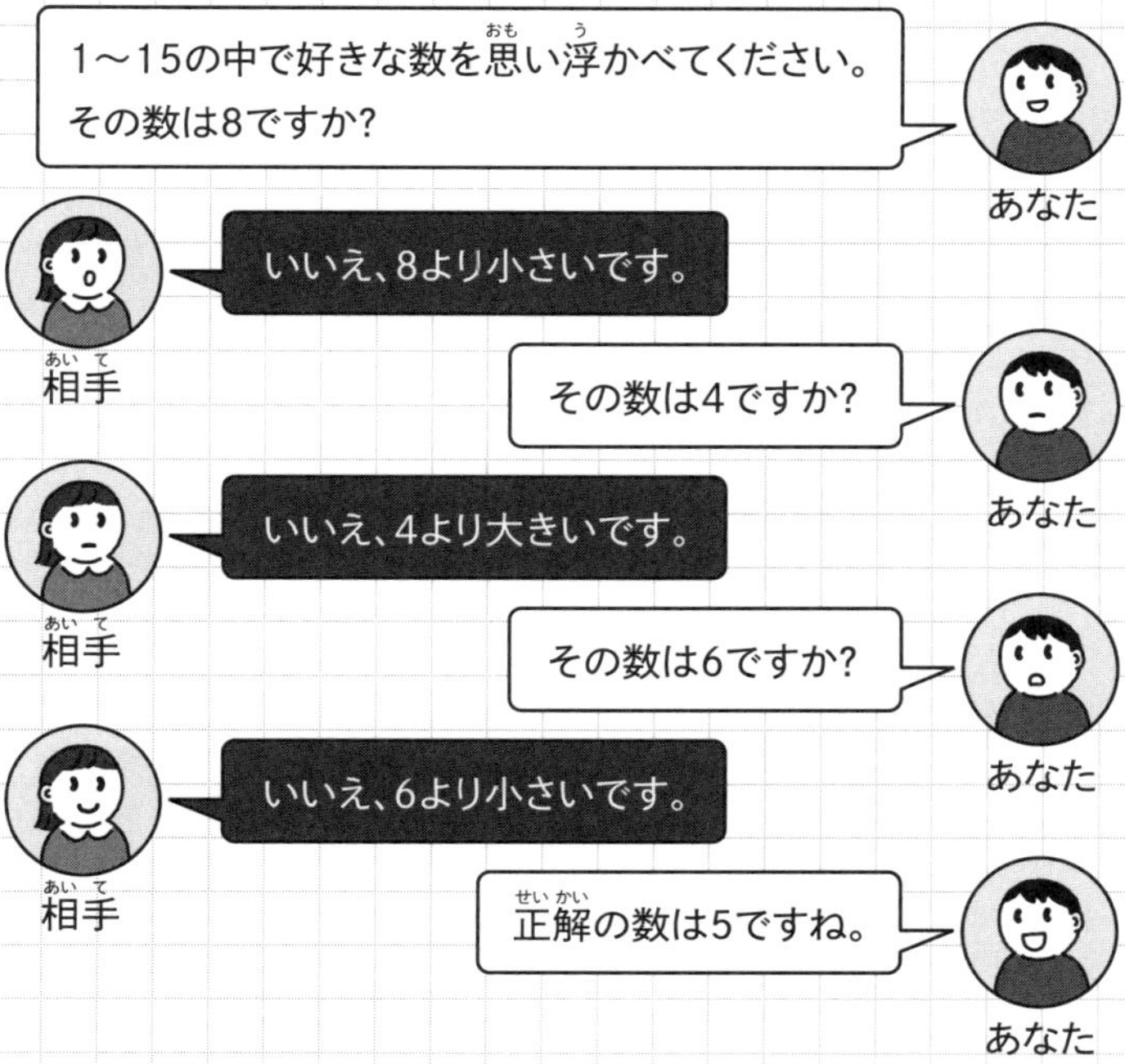

第三話　「ダイクストラ・アルゴリズム」

みんな、勘《かん》ってどのくらい信《しん》じる？

オレは、けっこう信《しん》じるほう。だってごちゃごちゃ考えるより、パッと勘《かん》で決めちゃったほうが、たいてい早くて正解《せいかい》だし。

でも姉ちゃんが言うには、人の勘《かん》ほど当てにならないものはないんだって。本当は小さなものが大きく見えたり、近いと思っていた場所が、実はすごく遠かったり。

数字が出てくるときなんかは、特《とく》にそう。だからそんなときは、勘《かん》に頼《たよ》らず、ちゃんとした手順で考えなきゃいけないって姉ちゃんは言うんだけど――「ちゃんとした手順《てじゅん》」って、

何？

「ちゃんと手順《てじゅん》を守れよ、マモルの姉ちゃん」

ソータが、あきれ顔で言う。

「先にそっちのポールを立てたら、テントが張《は》れないだろ？」

太陽の陽《ひ》ざしいっぱい、緑いっぱいの森のキャンプ場——「阿名葉野《あなばの》キャンプ場」。

広くて人が少ないばかりか、近くには透明《とうめい》な小川や真っ青な湖もあって、とてもきれい。

そんな「穴場《あなば》」なキャンプ場に、今日オレたちは遊びにきていた。そのメンバーはといえ

ば、オレ、ソータ、そして姉ちゃんの三人。

そう。姉ちゃんもいる。

「ああ、ごめんご。えっと、この短い棒《ぼう》を立てる前に、こっちの長いのを立てて――」

「ちがう。それは五番の手順《てじゅん》。今やってるのは四番」

「あ、そっか。四番って何やるんだっけ。説明書《せつめいしょ》、説明書《せつめいしょ》――うっひゃあ！」

どんがらがっしゃん！

姉ちゃんがロープに足を引っかけ、作りかけのテントを引きずり倒《たお》す。

てへへ、とテントの下から照《て》れ笑《わら》いで顔を出す姉ちゃんを見て、ソータがため息をついた。

「もういいよ、マモルの姉ちゃん。あとはオレたちでやっとくから」

「ごめんご、ごめんご。アタシ、頭と体を同時に使うのって苦手でさ～」

姉ちゃんはへこへこあやまりつつ（姉ちゃんのごめんは「ご」が多い）、そそくさと荷物置《お》き場《ば》に向かった。そこでおとなしく待つのかと思ったら、なんと一足先にクーラーボックスから冷《つめ》たいコーラを取り出し、さらにはサマーベッドまで広げて、ごろりとセイウチみたいに寝《ね》っ転《ころ》がる。

さらには似合《にあ》わないサングラスまでかけて、コーラをぐびりと飲み、ぷはーと満足《まんぞく》そうに息をついた。

「くう〜、やっぱ労働《ろうどう》のあとに飲むコーラは、効《き》くなあ！」

ピクピク、とソータのこめかみが動く。オレは大あわてで、姉ちゃんが倒《たお》したテントを代わりに直し始めた。


「――マモル！　キャンプに行こうぜ！」

そう姉ちゃんが言い出したのは、一週間前のことだった。

姉ちゃんがキャンプ？と最初《さいしょ》はオレも驚《おどろ》いたけど、姉ちゃんが言うには「キャンプは、引きこもりにとって最高《さいこう》の娯楽《ごらく》」らしい。

一つ、人の少ないキャンプ場を選《えら》べば、まわりの目を気にせずにすむ。

一つ、車で行けば、道中だれとも会わない。

一つ、いざとなれば、テントに引きこもればいい――結局《けっきょく》引きこもるなら、家にいても同じだと思うけど。

とにかく、ノリノリな姉ちゃんはさっそくいろいろ調べて、キャンプの計画を立ててしまった。この姉ちゃんが見つけた「阿名葉野《あなばの》キャンプ場」はちょうどおじいちゃんちの近くにあったので、ついでに週末暇《しゅうまつひま》そうだったソータも誘《さそ》って、オレのお父さんの車で連《つ》れてきてもらった——というわけ（姉ちゃんが子どもたちだけでキャンプしたいと言ったので、お父さんとお母さんはおじいちゃんちに泊《と》まって、明日また迎《むか》えにきてもらう予定）。

「でもさ、どうしてオレだけ呼《よ》んだの？　こんなにでかいテントなら、ねねたちも誘《さそ》えばよかったのに」

ようやくテントが完成《かんせい》すると、ソータが首をかしげてきいてきた（ちなみにソータはキャンプの経験《けいけん》があるらしくて、テントを作るのが上手）。

「ねねちゃんは誘《さそ》ったよ。でも、家族旅行の予定とかぶっててダメだった。ソータも行くって言ったら、すごく残念《ざんねん》そうにしてたよ」

「ふうん……なら、サナは？」

「塾《じゅく》」

「そっか。キレイ……は、潔癖症《けっぺきしょう》だからキャンプは無理《むり》か。じゃあ、アンリは？　アンリはこういうアウトドア、好《す》きそうじゃん」

「ああ、アンリちゃんは——」

ちらりとサマーベッドで寝《ね》ている姉ちゃんを見る。暑いのか、姉ちゃんはいつものジャージの上着を脱《ぬ》いで、T《ティー》シャツから腹《はら》を丸出しにしていびきをかいていた。……蚊《か》に刺《さ》されないかな、姉ちゃん。

「……そういやマモルの姉ちゃんって、アンリが苦手なんだっけ」

ソータが少し心配そうな顔で、

「それで、反対されたのか？」

「ううん。姉ちゃんは呼《よ》んでもいいって言ったけど、オレが遠慮《えんりょ》した。ねねちゃんたちも参《さん》加《か》してたら、誘《さそ》ったけど」

「そっか……。ま、今回はオレだけだし、アンリも仲間《なかま》はずれにされたとは思わねえだろうけど。でもマモルの姉ちゃん、なんでそんなにアンリが苦手なんだ？　アンリ、いいやつだぜ？」

「オレもよくわからないけど……『まぶしい』んだってさ」

「『まぶしい』？」

「姉ちゃん、言ってた。『アンリちゃんの明るさは、闇属性《やみぞくせい》のアタシにはまぶしすぎる』って。あ、あと『あの子は将来《しょうらい》、自分の天敵《てんてき》に育ちそうな気がする』とも」

「なんだそれ。闇属性《やみぞくせい》とか天敵《てんてき》とか……マモルの姉ちゃん、闇《やみ》の魔王《まおう》か何かかよ?」

魔王《まおう》っていうより、逃《に》げ足《あし》の速い臆病《おくびょう》モンスター、って感じ?

とにかく姉ちゃんは、アンリちゃんみたいなだれとでも明るくしゃべれるタイプの子が、ちょっと苦手。このキャンプは姉ちゃんがすごく楽しみにしていたものだし、姉ちゃんが自分から外に出ようとするのは年に一度のお祭りくらい貴重《きちょう》なイベントなので、今回は姉ちゃんの気持ちを優先《ゆうせん》して、誘《さそ》うのはソータだけにしといた、ってわけ(姉ちゃんは唯一《ゆいいつ》、オレの幼《おさな》なじみのソータとだけは、ふつうにしゃべれる)。

「うわあああアッ!」

するとそこで突然《とつぜん》、姉ちゃんがさけんで跳《と》び起《お》きた。オレとソータはびっくりして、あわててサマーベッドに駆《か》けつける。

「どうした、姉ちゃん!?」

「あ――マ、マモル? 本物か? よかった、夢《ゆめ》か……」

どうやら夢《ゆめ》にうなされていたみたい。姉ちゃんは近づいたオレの顔を確《たし》かめるようにペタペタさわると、ふうとため息をつく。

「いやあ、怖《こわ》い夢《ゆめ》だった……。アタシは暗い部屋に閉《と》じこめられてて、窓《まど》の外にマモルが見えるんだよ。大声でマモルを呼《よ》ぶんだけど、ぜんぜん気づいてくれなくてさ。そしたらなぜか急にアンリちゃんが出てきて、マモルの手を引っぱると、二人でアタシを置《お》いて明るい光の向こうに……」

「……闇属性《やみぞくせい》っていうか、心に闇《やみ》をかかえてねえ？　マモルの姉ちゃん」

ソータが本気で心配そうな顔をする。姉ちゃんがオレのＴ《ティー》シャツをつかんだままはなさないので、面倒《めんどう》くさいなあと思いつつ、オレは落ち着きはらって言った。

「だいじょうぶ。姉ちゃんを置《お》いてどこにも行かないよ」

こういうときの姉ちゃんは、とにかくなぐさめるに限《かぎ》る。ねらい通り、姉ちゃんはようやく安心したように手をはなすと、エヘへと照《て》れ笑《わら》いした。それからふと真顔になって、腹《はら》をぼりぼりかきながら首をひねって考えこむ（やっぱり蚊《か》に刺《さ》されたみたい）。

「でも、不思議《ふしぎ》だなあ。なんでアンリちゃんが、あそこでいきなり出てきたんだろうなあ」

……それはたぶん、横でオレたちがアンリちゃんの話をしていたせい。

「ま、まあ、細かいことは気にすんなよ、マモルの姉ちゃん。とりあえずもう一本、コーラ飲む？」

ソータがクーラーボックスからペットボトルを出して渡《わた》すと、姉ちゃんの表情《ひょうじょう》がぱあっと明るくなった。

「サンキュー、ソータ。起《お》き抜《ぬ》けのコーラはうまいんだよなあ——そういや、アンリちゃんといえばさ、マモル」

「な、なに?」

「あの子も確《たし》か、キャンプに誘《さそ》ったんだよな。どうして今回来てないんだ?」

「う、うん。なんか用事があったみたい」

「そうか、そいつは残念《ざんねん》。アタシは別《べつ》に、アンリちゃんがいてもぜんぜんかまわなかったんだけどな。本当に、まったく、アンリちゃんが苦手なんてことはこれっぽっちも——」

そこで声がピタリと止まった。姉ちゃんはまるでキツネに化かされたみたいにぼけーっと前を見つめてから、目をゴシゴシこすり始める。

「あれ? まだ夢《ゆめ》の中?」

姉ちゃん、まだ寝《ね》ぼけてる?とオレは首をかしげる。それからふと不吉《ふきつ》な予感がして、反《はん》射的《しゃてき》に姉ちゃんの視線《しせん》の先を振《ふ》り返《かえ》った。

そこにあり得《え》ないものを目にして、驚《おどろ》きのあまりソータと同時に跳《と》び上《あ》がる。

「「うわっ!」」

「やっほー。マモルくん、ソータくん」

すぐ真うしろの林の道に、笑顔《えがお》で手をふるアンリちゃんがいた。

「私《わたし》も、来ちゃった！」


「う……あ……」

姉ちゃんが突然《とつぜん》ゾンビ化したかのように、うめき声しか出さなくなる。

オレとソータも、しばらく声が出なかった。まず頭の中が真っ白になって、続《つづ》いてはてなマークの行列が、メリーゴーラウンドみたいにぐるぐる輪《わ》になって回転する。

「な、なんで……アンリちゃんが、ここに？」

「え？　だってマモルくんたち、学校でこそこそ相談してたじゃん」

オレがきくと、アンリちゃんはケロッとした顔で答えた。

「週末《しゅうまつ》のキャンプのこと。私《わたし》も行きたいから誘《さそ》われるの待ってたのに、ぜんぜん声をかけてくれないんだもん。それで『あー、男子だけで行くつもりだな』って思ったから、お父さんに頼《たの》んで、勝手に来ちゃった。この私《わたし》をのけ者にしようったって、そうは問屋がおろさないよ！」

アンリちゃんは両手を腰《こし》に当てて、ふん、とドヤ顔でふんぞり返る。

「へへーん。驚《おどろ》いたでしょ！」

うん……特《とく》に姉ちゃんがね。

衝撃《しょうげき》のあまり、石像《せきぞう》みたいに固《かた》まるオレたち三人。アンリちゃんはそんなこちらの反応《はんのう》などおかまいなしに、何かの乗り物に乗りながら近づいてきた。キックボードみたいな乗り物で、クラクション代わりなのか、アンリちゃんがハンドルのボタンを押《お》すと「ウェーイ！」と機械《きかい》の声があがる。

アンリちゃんはその乗り物でテントまで来ると、何かを確認《かくにん》するようにキョロキョロあたりを見回し始めた。

「やっぱり、ねねたちもいないね。キレイくん……も、来てないか。あれ？　この人、ちょっとマモルくんに似《に》てる……」

カカシのように突《つ》っ立《た》っている姉ちゃんを見て、アンリちゃんが首をかしげる。

「あっ……。これ、オレの姉ちゃん……」

「えっ？　あのアバターの？」

アンリちゃんがパチンと両手をたたく。

「わあ！　初《はじ》めて本物を見た。どうもこんにちは、マモルくんのお姉さん。私《わたし》、マモルくんの同級生の与喜屋《ようきや》アンリです。お姉さん、アバターと少しちがうけど、すごくかわいい！」

「やっ……あっ……」

姉ちゃんは釣《つ》り上《あ》げられたハコフグみたいに、口をパクパクさせる。

どうしよう、とオレがあせっていると、さらにダメ押《お》しみたいに林の中からまた三人、人影《ひとかげ》が現《あらわ》れた。男の子が二人、女の子が一人。みんなオレたちと同い年くらいで、アンリちゃんとおそろいの乗り物に乗っている。

真ん中の眼鏡《めがね》をかけた小柄《こがら》な男の子が、「ウェーイ！」とクラクションを鳴らしてからこちらに呼《よ》びかけた。

「おーい、アンリちゃーん。ごはんの用意できたってー」

「あっ、うんー！　今行くー」

アンリちゃんが気づいて、「ウェーイ！」と鳴らし返す。

「友達《ともだち》？」

「うん。さっきできたばっかり。いっしょにバーベキューする約束《やくそく》したんだ。——あっ、そうだ！」

そこでアンリちゃんは再《ふたた》びパチンと手をたたいて、

「よかったら、マモルくんたちも来なよ！　お肉、いっぱい買ってあるから！」

「えっ、バーベキュー？」

その一言で、頭の中からほかのことがはじけ飛《と》んだ。

ジュージュー焼《や》ける肉のイメージに、口の中にどっとよだれがわいてくる。

「うん、行く行――」

く、と二つ返事でオーケーしそうになって、ギリギリでハッと思いとどまった。そうだ、姉ちゃん――。

おそるおそる、となりで棒立《ぼうだ》ちしている姉ちゃんの顔をのぞきこむ。すると姉ちゃんは、今は驚《おどろ》きの表情《ひょうじょう》を通《とお》り越《こ》して、なんだか仏《ほとけ》さまみたいな微笑《ほほえ》みを浮《う》かべていた。……これ、どういう感情《かんじょう》？

判断《はんだん》に困《こま》っていると、姉ちゃんがオレの肩《かた》にそっと手を置《お》いて、言った。

「……いいよ。行ってきな、マモル」

「でも――」

「アタシのことは、気にしなくていいから。キャンプっていうのは本来、大人数でワイワイ楽しむものなんだ。姉ちゃんのはしょせん邪法《じゃほう》、外道《げどう》の楽しみ――キャンプの『ちゃんとした手順《てじゅん》』にしたがって、おいしいものをたらふく食べておいで」

ちょっと気味悪いくらい、やさしい声だった。そればかりか、姉ちゃんはこっちで焼《や》くつもりだったブ厚《あつ》いステーキ肉まで持たせて、オレたちを仏《ほとけ》さまスマイルで送り出してくれる。

複雑《ふくざつ》な気分で、アンリちゃんたちについていった。まあ、姉ちゃんは一人のほうが気楽かもしれないし、オレもちゃんとした、キャンプを経験《けいけん》してみたいけど――なんだか、気が重いなあ。

でも実際《じっさい》行ってみると、すごく楽しかった。

アンリちゃんの新しい友達《ともだち》もみんな明るくていいやつだったし、アンリちゃんのお父さんがとてもひょうきんで、何度もオレたちを笑《わら》わせてくれた。肉もぜんぶうまくて、カレーとかやきそばとか、炭火で焼《や》いたフワフワのホットケーキとかも出た。ジュースも飲み放題で、何時間も食べて飲んでしゃべって笑《わら》って、もう大満足《だいまんぞく》。

「あー、楽しー。マモルくんのお姉さんも、いっしょにくればよかったのに！」

ごはんのあと、みんなで焚《た》き火《び》を囲《かこ》んで枝《えだ》に刺《さ》したマシュマロを焼《や》いていると（これもまた絶品《ぜっぴん》）、アンリちゃんが思い出したように言った。

「……姉ちゃん、人見知りだから」

「そうなんだー。あ、でも、私《わたし》の妹もそうだよ。カンナとだったら、仲良《なかよ》くなれたかもしれないね？」

アンリちゃんに話しかけられ、となりにいた小さな女の子が恥《は》ずかしそうに下を向く。この子はアンリちゃんの妹、カンナちゃん。まだ小学二年生で、確《たし》かにふつうの子よりはおとなしそうだけど、姉ちゃんの人見知りはそれとはレベルがちがう。

「ところで……二人は明日、何時ごろ帰るの？」

新しくできた友達《ともだち》の女の子——キツネみたいにやや吊《つ》り目で、おしゃれな格好《かっこう》をした木津《きっ》根芽衣《ねめい》ちゃん——が、ソータをちらちら見ながら、きいてきた（ソータは女子にモテる）。

「うーん、昼ごろかな」

「あ、だったら明日の朝、芽衣《めい》たちといっしょに『タヌ助《すけ》』を見にいかない？」

「タヌ助《すけ》？」

「ボクたち、今日森の中でタヌキの子どもを見つけたんだ。これ、大人にはないしょだけ

カンナちゃん
熊野《くまの》くん
栗栖《くりす》くん
芽衣《めい》ちゃん

ど」

二人目の友達《ともだち》の男の子――リスみたいにちょっと前歯の出た、小柄《こがら》で眼鏡《めがね》をかけた栗栖《くりす》翔太《しょうた》くん――が、ひそひそ声で言う。

「そいつ、穴《あな》に落ちて怪我《けが》しててさ。自分で這《は》い上《あ》がれないから、明日の朝、日の出のあとに助けに行くつもり。見つけたときはもう夕方で、暗くて危《あぶ》なかったから」

「もぐ……『タヌ助《すけ》』って名前……オレッチがつけたんだよう……もぐ……」

三人目の友達《ともだち》の男の子――クマみたいにもっさりした動きの、大きな体をした熊野大介《くまのだいすけ》くん――が、マシュマロを口いっぱい詰《つ》めこみながら、言う。

「助けて、どうするの？」

オレがきくと、栗栖《くりす》くんはキラリとずる賢《がしこ》そうに眼鏡《めがね》を光らせた。

「これも、大人にはないしょだけど……隠《かく》して持って帰って、みんなで飼《か》うんだ」

「飼《か》うのは、芽衣《めい》のうちの近く」

芽衣《めい》ちゃんもウフフといたずらっぽく笑《わら》って、

「裏山《うらやま》に、ちょうどいいほら穴《あな》があるの。もしいっしょに来るなら、二人も仲間《なかま》にしてあげるけど……どうする？」

「「うん、行く行く！」」

上機嫌《じょうきげん》になったオレとソータは、今度こそ二つ返事でオーケーする。

「あ、じゃあ、ついでにあれも貸《か》してあげようか？」

アンリちゃんが、テントの脇《わき》に置《お》いてあったキックボード風の乗り物を指さした。さっきみんなが乗っていたやつだ。

「あれって……」

「『安心安全ウェイウェイくん』。このキャンプ場で貸《か》し出《だ》している乗り物で、電動キックボードみたいだけど、衝突防止機能《しょうとつぼうしきのう》とか自動運転機能《きのう》とかついてて、子どもでも安全に乗れるの。

ここって広いから、みんなでレンタルしたんだ。私《わたし》のお父さんとお母さんの分もあるから、マモルくんたちに貸《か》してあげるよ。タヌ助《すけ》の穴《あな》、結構《けっこう》遠いし」

「「うん、借《か》りる借《か》りる！」」

……みたいな感じで、明日遊ぶ約束《やくそく》までしてしまった。

明日は朝早いから現地《げんち》集合ということで、「ウェイウェイくん」とタヌ助《すけ》の穴《あな》までの地図を貸《か》してもらって、オレたちはアンリちゃんたちと別《わか》れた。

さっそく練習がてら「ウェイウェイくん」を運転しつつ、暗くなった道を引き返す。ソータとはしゃぎながらテントに戻《もど》ると、暗闇《くらやみ》の中で姉ちゃんは一人寂《さび》しく焚《た》き火《び》をしていた。

「やあ、おかえり」

例《れい》の仏《ほとけ》さまみたいな笑顔《えがお》で、オレたちを出迎《でむか》える。

「二人とも、すっかり太鼓腹《たいこばら》だね。大人数でのバーベキューは楽しかったかい？」

「う、うん……。姉ちゃん、夜ごはんは？」

「食べたよ。ほら」

姉ちゃんが小さなテーブルに置《お》いた、空《から》のカップラーメンを指さす。

「それだけ？」

「充分《じゅうぶん》さ。大自然《だいしぜん》の中で食べりゃ、なんでもごちそうなんだ……」

オレとソータは気まずい顔で「ウェイウェイくん」から降《お》りると、姉ちゃんの近くに腰《こし》を下ろす。

「えっと……バーベキューの肉、姉ちゃんの分ももらってきたけど、いる？」

おずおずとタッパーを差《さ》し出《だ》すと、姉ちゃんはこくんとうなずいて素直《すなお》に受け取った。ふたを開けて、冷《つめ》たくなった焼肉《やきにく》をカップラーメンに使った割《わ》りばしでつまんでモソモソ噛《か》んで、「いい肉、使ってるな」と、ボソリとつぶやく。

「あ、あのさ」

空気を明るくしようと、ソータが言った。

「オレたち明日、『タヌ助《すけ》』を助けにいくんだ」

「『タヌ助《すけ》』？」

「タヌキの子ども。穴《あな》に落ちて、怪我《けが》してんの。アンリたちが見つけたんだって」

「ふうん……バーベキューのお次は、タヌキ汁《じる》か。豪勢《ごうせい》だな」

「「食べないよ！」」

オレとソータは思わず大合唱《だいがっしょう》する。

「冗談《じょうだん》、冗談《じょうだん》。まあ人助け……じゃない、タヌキ助けはいいけど、行くときは必《かなら》ずだれか大人の人を連《つ》れていけよな。噛《か》まれたらたいへんだから」

オレたちは「はーい」と良《よ》い子《こ》の返事をした。だけど本音では、子どもたちだけで行くつもり。だって大人に話したら、絶対《ぜったい》森に逃《に》がせって言われるに決まってるし。

本当はそのほうがいいのかもしれないけど、まあだいじに飼《か》えばいいよね、とオレは自分に言い聞かせた。そのあとは姉ちゃんが焚《た》き火《び》の番をすると言ったので、オレたちは明日の朝に備《そな》えて、一足先にテントに潜《もぐ》りこむことにする。

寝袋《ねぶくろ》で眠《ねむ》るのは初《はじ》めてだったので、とても興奮《こうふん》した。それに明日のことでワクワクしていたから、眠《ねむ》れるかどうか心配だったけど、昼間いっぱい遊んで疲《つか》れたせいか、少しソータとふざけ合ってるうちにすぐに目がトロンとしてきた。

気づくと、ソータがガーガーいびきをかいていた。うるさいなあ、と思っていたら、オレもいつの間にか眠《ねむ》ってしまっていた。

——事件《じけん》は、その明日の朝に起こったんだ。

朝、姉ちゃんの焼《や》いてくれたホットサンドを食べてから「タヌ助《すけ》」のいる穴《あな》に向かうと、森の奥《おく》から大声が聞こえた。

「ちがう！　私《わたし》じゃない！」

「……アンリの声だ」

ソータと顔を見合わせ、大急ぎで「ウェイウェイくん」で駆《か》けつける。地図の場所に着くと、もうみんなが勢《せい》ぞろいしていた。全員「ウェイウェイくん」に乗っていて、空き地の隅《すみ》に開いた穴《あな》のまわりに集まっている。その穴《あな》の前ではなぜかアンリちゃんがほかの三人に取《と》り囲《かこ》まれて、そのうしろでカンナちゃんがワンワン泣《な》いていた。

「どうした？」

ソータがきくと、栗栖《くりす》くんが困《こま》った顔で答えた。

「アンリちゃんが、『タヌ助《すけ》』を逃《に》がしちゃったんだ」

ええ？と驚《おどろ》いてアンリちゃんを見ると、アンリちゃんは目に涙《なみだ》をためてブンブン首を横に振《ふ》る。

「だから、逃《に》がしたのは私《わたし》じゃないって！」

「だって芽衣《めい》が来たときは、もう『タヌ助《すけ》』いなかったじゃん」

芽衣《めい》ちゃんが吊《つ》り目をさらにきつく吊《つ》り上《あ》げて、言う。

「いたのは、アンリちゃんだけ。ってことは、アンリちゃんがいちばん先にこの場所に来たってこと。そもそもこの穴《あな》にいちばん近いのって、アンリちゃんのテントでしょう？　このキャンプ場っていつも人が少なくて、今日も芽衣《めい》たち以外《いがい》にいないから、だれかほかの人が先に来たってこともないしね。

だからね――『タヌ助《すけ》』を逃《に》がしたのは、アンリちゃん。それしか考えられないの」

「ちがう！　私《わたし》が来たときも、もういなかったの！　もし私《わたし》より先に来た人がいないんなら、『タヌ助《すけ》』は自力で逃《に》げたんだよ、きっと！」

「それは……モグ……ないと、思うなあ」

熊野《くまの》くんが、大きな菓子《かし》パン（たぶん朝ごはん）を食べながら言う。

「だって……モグ……アイツ、怪我《けが》してたしさ。昨日《きのう》見たときは、何度ジャンプしても、穴《あな》の半分の高さにも届《とど》かなかったし……モグ……」

オレとソータは、空き地の隅《すみ》に開いていた穴《あな》をのぞきこんだ。昨日《きのう》のアンリちゃんたちの話によると、焚《た》き火料理《びりょうり》用にだれかが掘《ほ》った穴《あな》みたいで、あまり大きくはないけど、深さは結構《けっこう》ある。

「でも、でも――それじゃあ、私《わたし》が『タヌ助《すけ》』を逃《に》がす理由は？　私《わたし》もカンナも、タヌ助《すけ》を飼《か》うのを楽しみにしてたんだよ？」

「タヌ助《すけ》を見つけたときはね」

芽衣《めい》ちゃんがフフンと笑《わら》って、

「でもたぶん、そのあとでアンリちゃんの気が変《か》わったの」

「私《わたし》の気が変《か》わった？　どうして？」

「飼《か》うのが、芽衣《めい》のうちの近くって決まったから。アンリちゃん、本当は自分のうちの近くで、タヌ助《すけ》を飼《か》いたかったんでしょ？」

「えっ？　じゃあアンリちゃんは、タヌ助《すけ》をただ逃《に》がしたんじゃなくて――」

栗栖《くりす》くんが目を丸くして、

「タヌ助《すけ》をボクたちに渡《わた》したくなくて、どこかにこっそり隠《かく》したってこと？」

「それは……モグ……ずるいなあ」

「ちがう！　ちがう！　ちがう！」

髪《かみ》をふり乱《みだ》してさけぶアンリちゃんに、泣《な》きじゃくる妹のカンナちゃん。

オレとソータは途方《とほう》に暮《く》れて、ただ成《な》りゆきを見守るしかなかった。


「……と、いうわけなんだけど、姉ちゃん」

オレは貝みたいに入り口が閉《し》まったテントにむかって、話しかける。

「姉ちゃんは、アンリちゃんが犯人《はんにん》じゃないってこと、証明《しょうめい》できる？」

ところかわって、オレたちのテントの前。

みんなに集中攻撃《こうげき》を受けているアンリちゃんを助けるため、ひとまずカンナちゃんといっ

しょに連《つ》れてきたのだった。ただ姉ちゃんはアンリちゃんを見るなりテントに飛《と》びこんでしまったので、今はテントの布越《ぬのご》しに話しかけている。

「――ふうん、なるほどねえ。昨日仲良《きのうなかよ》くなったばかりで、もうケンカ別《わか》れか。昨日《きのう》の友は今日の敵《てき》ってか。はかない友情《ゆうじょう》だな」

「姉ちゃん」

となりで涙《なみだ》ぐむアンリちゃんを見て、あわてて口をはさむ。

「あっ……ご、ごめんご。ただの冗談《じょうだん》、冗談《じょうだん》。えっと――確認《かくにん》なんだけど、アンリちゃんがいちばん先にその穴《あな》にたどり着いたっていうのは、本当なのか？」

「うん……たぶん」と、うなずくアンリちゃん。「私《わたし》が着いたときは、ほかにだれもいなかったから」

「でも、まわりは森だろ？　隠《かく》れられるところなんていっぱいあるじゃないか。だれかがアンリちゃんより先に来て、タヌ助《すけ》を逃《に》がしたあとに森の中に隠《かく》れてた、ってこともありうるじゃん」

「それは無理《むり》なんだよ、姉ちゃん」とオレ。

「どうして？」

タヌ助《すけ》の
穴《あな》
芽衣《めい》ちゃんの
テント
アンリちゃんが
通った道
熊野《くまの》くんの
テント
アンリちゃんの
テント

「アンリのテントが、いちばん近いから」

ソータが言って、昨日《きのう》貸《か》してもらったキャンプ場の地図を、テントの中に差《さ》し入《い》れる。

「ほら、な。アンリがいちばん近いだろ？　このキャンプ場、人が少ないくせに広いから、みんな離《はな》れたところにテント張《は》ってるんだ」

「……けど、みんなが同時に出発したわけじゃないだろ？」

姉ちゃんがきき返してきた。

「早めに出発すれば、いくらでも早く到着《とうちゃく》できるじゃん。それに移動《いどう》にかかる時間だって、人によってまちまちだろうし……。テントの位置《いち》が遠くても、アンリちゃんがのんびり歩いて、遠いテントのやつが全速力で走れば、余裕《よゆう》で追《お》い越《こ》せるんじゃね？」

「それも、無理《むり》」と、オレ。

「どうして？」

「みんな同時に出発したんだよ、マモルの姉ちゃん」

ソータが説明《せつめい》する。

「夜の森は危《あぶ》ないから、日の出までテントを離《はな》れちゃいけないって全員親に止められてたんだって。で、みんな日の出になってすぐテントを出たって言うから、出発はほぼ同時。それはみんなの家族にも確認《かくにん》したから、絶対《ぜったい》に確実《かくじつ》」

「あと、みんな『ウェイウェイくん』を使ってたから」

オレも説明《せつめい》を付《つ》け足《た》す。

「移動《いどう》にかかる時間も、そんなに変《か》わらないよ。『ウェイウェイくん』は決められた速度で走るよう設定《せってい》されているし。それに平らな道じゃないと使えないから、強引《ごういん》に森の中を突《つ》っ切《き》るとかも無理《むり》」

「アンリちゃんは寄《よ》り道《みち》とかしなかったのか？」

「うん。タヌ助《すけ》の怪我《けが》が心配で、急いでこの道（※地図の点線）を行ったんだって。この道は一本道だし、さっき戻《もど》るときに確認《かくにん》したら途中《とちゅう》にアンリちゃんの帽子《ぼうし》が落ちてたから、ここを通ったのも確《たし》かだよ」

ううむ……と、テントの中からうなり声が聞こえる。

「なるほどなあ……じゃあやっぱり、アンリちゃんが犯人《はんにん》なんじゃや……」

うう、とアンリちゃんが今にも泣《な》きだしそうな声を出した。

「あっ、ウソウソ。ごめんご。きっと犯人《はんにん》は別《べつ》にいるよね」

「オレは、芽衣《めい》のやつが怪《あや》しいと思うな」

ソータが腕組《うでぐ》みして言う。

「アイツ、なんだかアンリをライバル視《し》してるっぽいし。一番目に到着《とうちゃく》したのもアイツだし、アイツがアンリをはめたんじゃねえ？」

「そうなの？」。アンリちゃんが驚《おどろ》きながら、「私《わたし》、芽衣《めい》ちゃんとはすっかり仲良《なかよ》くなれたと思ってたのに。嫌《きら》われてるなんて、ちっとも考えなかった……」

芽衣《めい》ちゃんがアンリちゃんをライバル視《し》してるのは、きっとソータのことが関係《かんけい》している
んだろうなあ……とオレは思ったけど、話がややこしくなるから、口には出さない。

アンリちゃんがハッと顔を上げて、テントのほうを見た。

「もしかして……マモルくんのお姉さんも、私《わたし》のこと嫌《きら》いですか？　さっきからぜんぜん、
顔も見せてくれないし……」

「えっ、あっ——ち、ちがくて！」

姉ちゃんの影《かげ》がバタバタ手をふる。

「これは、そう——すっぴん！　まだ朝の化粧《けしょう》前だから！　すっぴんのきたない顔を、人
前にさらしたくないだけ！」

姉ちゃん、化粧《けしょう》なんてしてたっけ？

「そう……ですか」

でもアンリちゃんは一応納得《いちおうなっとく》したみたいで、少し安心した顔を見せる。姉ちゃんはコホン
とせきばらいして、話を続《つづ》けた。

「まあ、アンリちゃんがちがうって言うなら、ちがうんだろ。アタシは信《しん》じるよ」

「でもじゃあ、犯人《はんにん》はどうやってアンリちゃんより先に着いたの、姉ちゃん？」

「この地図が正確《せいかく》って保証《ほしょう》もないだろ。今確認《かくにん》したけど、アタシが昨日《きのう》一人のときに散歩《さんぽ》して発見した道が、いくつか載《の》ってなかった。そういう道はまだほかにもあると思う」

「地図に載《の》ってないルートがある、ってこと？」

「その通り」

ピロリン、とオレのスマホが鳴った。見ると、探検隊《たんけんたい》風の格好《かっこう》に衣替《ころもが》えした姉ちゃんのアバターが、片手《かたて》に持った斧《おの》をくるくるかっこよく回して、びしっとこちらに突《つ》きつけてくる。

「と、いうわけで――アンリちゃんを助けるには、まずはその『隠《かく》しルート探《さが》し』からだ。この地図を完成《かんせい》させるために、キャンプ場を探検《たんけん》しに行くぞ、マモル！」

■第一の隠《かく》しルート

姉ちゃんの号令《ごうれい》で、オレたちはキャンプ場の調査《ちょうさ》に向かった。

まず最初《さいしょ》に向かったのは、栗栖翔太《くりすしょうた》くんのテントの方角。近くまで来ると栗栖《くりす》くんがいたので、アンリちゃん姉妹がさっと草陰《くさかげ》に隠《かく》れる（今顔を合わせると、気まずいから）。

「やあ、キミたち。どうしたの、こんなところで？」

事情《じじょう》を説明《せつめい》すると、栗栖《くりす》くんはふうん、と眼鏡《めがね》の奥《おく》の目を細めて、言った。

「隠《かく》しルートねえ……。まあ気になるなら、好《す》きに調べてみたら。そんなもの、ボクは知らないけど」

お言葉に甘《あま》えて、調査《ちょうさ》を開始する。反対側《はんたいがわ》の森も調べようとして、テントの前を横切ったところで――。

「うわっ！」

ソータがさけび声《ごえ》をあげて、尻《しり》もちをついた。オレもテントの中を見て、つい腰《こし》を抜《ぬ》かしそうになる。――イノシシの頭が、うらめしそうにこっちを見ている！

「ああ。それ、イノシシの毛皮で作った敷物《しきもの》」

栗栖《くりす》くんは何でもないことのように言った。

「ボクのお父さん、狩《か》りが趣味《しゅみ》なんだ。家には鹿《しか》のはく製《せい》とかもあるよ。ボクもいつか猟《りょう》銃《じゅう》の資格《しかく》を取りたくて——」

バーン！と楽しそうに銃《じゅう》を撃《う》つまねをしつつ、

「……まあ、それはどうでもいいや。それより、どうなの？　キミたちは本当に、アンリちゃんが犯人《はんにん》じゃないと信《しん》じてるの？」

ドキドキする心臓《しんぞう》を落ち着かせて、答えた。

「そりゃあ、アンリちゃんはオレたちのクラスメートだし……。栗栖《くりす》くんこそ、だれかほかに心当たりないの？　犯人《はんにん》になりそうな人」

「うん、まったく。まさか、くまポンが食っちゃったってことはないだろうし」

「くまポン？」

「熊野《くまの》のこと。あいつ、見た通りすごい食《く》いしん坊《ぼう》でさ。タヌ助《すけ》を見つけたとき、タヌキ汁《じる》ってうまいのかな、ってつぶやいたんだ。まあ冗談《じょうだん》だと思って、聞き流したけど……」

熊野《くまの》くん、姉ちゃんと同じレベル？

「でも、その『隠《かく》しルート』とやらが見つからなければ、結局《けっきょく》アンリちゃんより早く着ける人はいないんだろ？　ならやっぱり、犯人《はんにん》はアンリちゃんで決まりだよ」

アンリちゃん姉妹が隠《かく》れている草むらが、ガサガサッと揺《ゆ》れた。最後《さいご》の言葉に怒《おこ》ったみたい。今にもアンリちゃんが飛《と》び出《で》てこないか心配になったので、オレたちはあわてて話を切り上げ、その場を退散《たいさん》する。

アンリちゃん姉妹と合流し、調査《ちょうさ》を再開《さいかい》する。プリプリしているアンリちゃんの機嫌《きげん》を取りながら道を調べていると、スマホから姉ちゃんの声が聞こえてきた。

「――おい、マモル。ちょっとそこの茂《しげ》みの奥《おく》を、のぞいてみろ」

茂《しげ》みの奥《おく》？

言われた通り、近くの草むらをかき分ける。

すると、地面をスコップで掘《ほ》ったみたいにえぐれた道が見えた。

線路ぐらいの幅《はば》で、森のあいだをぐねぐねと曲がって、奥《おく》のほうまで続《つづ》いている。

「これって……道？」

「いや。小川が干上《ひあ》がったんだ。でも川底《かわぞこ》は平らっぽいし、邪魔《じゃま》な石もそんなに多くない。

これなら『ウェイウェイくん』で通れそうだ」

ちなみにオレの胸《むね》には姉ちゃんがくれたカメラとマイク付《つ》きのバッジがあって、姉ちゃんはそれを通してオレと同じものを見聞きしている。姉ちゃんに言われて、オレたちは小川のあとに下りて、実際《じっさい》にウェイウェイくんで走ってみた。少しガタガタしたけど、ぜんぜんふつうの道みたいに走れる。

やがて地図に載《の》っていた別《べつ》の道に出ると、姉ちゃんが威勢《いせい》のいい声で言った。

「よっしゃ！　一つ目の隠《かく》しルート発見だな、マモル！」

オレはうなずいて、今来た道をさっそく地図に鉛筆《えんぴつ》で追加《ついか》する。

――地図に、「干上《ひあ》がった小川」のルートが追加《ついか》された。

■第二の隠《かく》しルート

次に向かったのは、熊野大介《くまのだいすけ》くんのテントの方角。

熊野《くまの》くんは、まだ朝ごはんを食べているところだった。昨日《きのう》のホットケーキの残《のこ》りにはちみつとバターをたっぷりかけて、さもおいしそうにほおばっている。

「モグ……へえ。『隠《かく》しルート』か。そんな道、あるかな」

オレたちが調査目的《ちょうさもくてき》を話すと、熊野《くまの》くんはパンパンにふくらんだほっぺたをモグモグ動かしながら、首をひねった。

「まあ、探《さが》すなら探《さが》してみたら。オレッチも、まだアンリちゃんが犯人《はんにん》だって百パーセント信《しん》じているわけじゃないし」

カサカサと、アンリちゃんが隠《かく》れている茂《しげ》みがうれしそうに揺《ゆ》れる。

「ってことは、熊野《くまの》くんは、ほかにも疑《うたが》っている人がいるってこと?」

「うん、まあ」

「え、どいつ?」と、ソータ。

「モグ……ええとね、タヌ助《すけ》を見つけたあと、しばらくタヌ助《すけ》が動かなくなった時期があったんだよ。それで栗栖《くりす》っち、タヌ助《すけ》はもう死んだと思って、『お父さんに頼《たの》んで、はく製《せい》にしてもらおう』って言いだしたんだ。

でもそれからすぐにまた、タヌ助《すけ》が動きだして。元気だってことがわかったから、話はそこで終わったんだけど。栗栖《くりす》っち、ちょっと残念《ざんねん》そうにしてたから」

「……栗栖《くりす》のやつが、はく製《せい》にするためにタヌ助《すけ》を独《ひと》り占《じ》めしようとした、ってことか？」

「まあ、もしかしたら、だけど……モグ……」

ふと、栗栖《くりす》くんがバーンと楽しそうに銃《じゅう》を撃《う》つまねをしているところを思い出した。――もしかして栗栖《くりす》くんって、けっこう残酷《ざんこく》？

それから熊野《くまの》くんにホットケーキのおすそ分けをもらって、別《わか》れた。再《ふたた》びアンリちゃん姉妹と合流して、もらったホットケーキを分け合ってから、調査《ちょうさ》を続行《ぞっこう》する。

「あっ……」

少しして、カンナちゃんが急に立ち止まった。地面にしゃがんで、道沿《ぞ》いの竹やぶの中をしきりにのぞきこんでいる。

「どうしたの、カンナ?」

「……落としちゃった……ホットケーキ……」

あとで食べようと楽しみにしていたホットケーキを、はずみで落としてしまったみたい。

ラップに包《つつ》んであって中身は無事《ぶじ》そうだったので、オレは竹やぶに入って、代わりに拾ってあげようとした。

と、そこで——

「あれ? 姉ちゃん。これって……」

手前の竹を少しかき分けると、その先が竹やぶのトンネルになっていた。もしやと思って指さすと、スマホからピューと姉ちゃんの口笛が聞こえた。

「グレイト。竹やぶの抜《ぬ》け穴《あな》だ。子どもの身長なら、ちょっとかがめば『ウェイウェイくん』でも通れそうだな。グッジョブ、カンナちゃん。こいつも地図に追加《ついか》だ、マモル」

オレはまたうなずいて、地図と鉛筆《えんぴつ》を取り出す。

——地図に、「竹やぶの抜《ぬ》け穴《あな》」のルートが追加《ついか》された。

02

■第三の隠《かく》しルート

最後《さいご》に向かったのは、木津根芽衣《きつねめい》ちゃんのいるテントの方角。

芽衣《めい》ちゃんのテントは、派手《はで》なピンク色だった。芽衣《めい》ちゃんもおしゃれだけど、お母さんはそれ以上《いじょう》にキラキラした格好《かっこう》をしている。芽衣《めい》ちゃんのおしゃれ好《ず》きは、お母さん譲《ゆず》りみたい（ちなみにお父さんは、モグラみたいな顔で少し地味）。

「ふーん。つまりあなたたちは、アンリちゃんの肩《かた》を持つんだ？」

オレたちの話を聞くと、芽衣《めい》ちゃんはすねたようにくちびるをツンとさせて言った。

「やっぱりかわいい子は、お得《とく》ね。こうして男子が味方してくれるんだから」

「オレたちは、アンリちゃんのことを信《しん》じてるだけだよ」と、オレ。

「お前こそ、なんでそんなにアンリを疑《うたが》ってるんだよ？」

ソータがきき返すと、芽衣《めい》ちゃんは少しあわてたように顔を赤らめて、

「そ、それは……もちろん、芽衣《めい》が目撃者《もくげきしゃ》だから。だって芽衣《めい》が到着《とうちゃく》したときは、穴《あな》の前にはアンリちゃんしかいなかったんだよ？　ほかの子は全員、芽衣《めい》のあとから来たんだし。

だったら犯人《はんにん》は、あの子しかいないじゃん」

「あとから来たやつの中に、本当は先に来ていたやつがいたかもしれねえだろ。みんなが来るまで、森の中に隠《かく》れていりゃいいんだしさ」

「先に来ていたって、だれが？　キャンプ場には芽衣《めい》たちしかいないし、芽衣《めい》たちはみんな日の出まで自分のテントにいた。移動《いどう》は同じ『ウェイウェイくん』を使っていたんだし、ヨーイドンで出発したら、いちばん近いアンリちゃんがいちばん早く着くに決まってるじゃん」

「……お前って、ただアンリのことが嫌《きら》いなだけだろ？」

ソータが言い返すと、芽衣《めい》ちゃんは怖《こわ》い顔でソータをにらんで、ぷいっとそっぽを向いた。

「かもね。芽衣《めい》、自分より目立つ子、嫌《きら》いだから」

「……頼《たの》むから、あんまり話をこじらせないでくれよ、ソータ」

オレにだけ聞こえるくらいの声で、姉ちゃんがつぶやく。

「それにアンリちゃん、ちょっといい子ぶってるのが鼻につくし――そうそう、昨日《きのう》SNS《エスエヌエス》のアカウント交換《こうかん》してわかったんだけど、芽衣《めい》、アンリちゃんと共通《きょうつう》のお友達《ともだち》がいるの。

その子にこの事件《じけん》のことを教えて、あの子の化けの皮をはがしてやる」

「――そんなこと、させない！」

声がしたかと思うと、うしろの茂《しげ》みからアンリちゃんが飛《と》び出《だ》してきた。オレたちを押《お》しのけて、キーッ！とサルみたいに芽衣《めい》ちゃんに飛《と》びかかる（さすがにがまんできなくなったみたい）。

「私《わたし》、いい子ぶってなんかない！　それを言ったら、芽衣《めい》ちゃんだって怪《あや》しいじゃない！」

「な、なんで芽衣《めい》が！」

「私《わたし》、見たんだから！　タヌ助《すけ》を見つけたとき、芽衣《めい》ちゃんがスマホでこっそりタヌキの値《ね》段《だん》を調べてたところ！　『へえ。タヌキってけっこう高く売れるんだ』って、小声でつぶやいてたじゃん！　芽衣《めい》ちゃん、おしゃれするためのお金が欲《ほ》しくて、タヌ助《すけ》を盗《ぬす》んだんでしょ！」

「べ、別《べつ》に……芽衣《めい》、お金なんて欲《ほ》しくないし！　それにタヌキの売買って、違法《いほう》なんだよ。そんな悪いこと、芽衣《めい》がするわけないでしょ！」

「芽衣《めい》ちゃんの嘘《うそ》つき！」

二人がポカポカたたき合いを始めたので、オレとソータであわてて引《ひ》き離《はな》した。アンリちゃんの振《ふ》りまわしたコブシがオレの顔面に当たって、鼻の奥《おく》がジーンとなる。

騒《さわ》ぎに驚《おどろ》いて、テントから芽衣《めい》ちゃんの家族が出てきた。オレとソータはひたすらあやまりつつ、興奮《こうふん》するアンリちゃんを二人がかりで引きずって、一目散《いちもくさん》にその場を逃《に》げ出《だ》す。


少し落ち着くと、アンリちゃんは暴《あば》れたことを恥《は》ずかしがってズーンと落ちこみ始めた。なぐさめ役をカンナちゃんにまかせて、オレとソータは手分けして森を調べ始める。

「でも、アンリちゃんがケンカするなんて、驚《おどろ》いたなあ」

「そうか？　口ゲンカなら、オレもたまにするぜ。アンリ、気が強いから」

ソータはあまり気にしてないようすで答えると、急に「ウェイウェイくん」を停止《ていし》させた。おでこに手をかざして、木のすきまから遠くのほうをながめる。

「ん……？　あれってなんだ、マモルの姉ちゃん？」

林の向こうに、小さな谷が見えた。その谷の幅《はば》が少しせまくなったところに、短い銀色の橋がかかっている。

「あれは……吊《つ》り橋《ばし》か？　見た目の新しさからして、最近《さいきん》できたっぽいな。だから地図には載《の》ってなかったのか」

「もしかして、あれも隠《かく》しルート？」と、オレ。

「うーん。確《たし》かに近道かもしれないけど、『ウェイウェイくん』であれを渡《わた》るのは……」

「そう？　いけそうじゃね？」

ソータが再《ふたた》び走りだし、オレもあとに続《つづ》く。着いてみると、吊《つ》り橋《ばし》は鉄板や鋼《はがね》のロープで頑丈《がんじょう》そうにできていた。踏《ふ》むと少し揺《ゆ》れるけど、左右も金網《かなあみ》でしっかりガードされている。

「ほ……本気で渡《わた》る気か、ソータ？」

「よゆーよゆー。いこうぜ、マモル」

「お、おい……むちゃすんなよ」

いちばん安全なところにいる姉ちゃんが、いちばんおびえた声を出す。

オレも少しビビったけど、ソータが口笛を吹《ふ》きながら橋を渡《わた》りだしたので、負けじと平気な顔をしてついていった。実際《じっさい》走ってみると、思ったほど怖《こわ》くなかった。確《たし》かに橋はぐらぐら揺《ゆ》れたけど、暴《あば》れ馬《うま》に乗っているみたいで、ちょっとおもしろいぐらい。

無事《ぶじ》向こう側《がわ》に到着《とうちゃく》すると、ハアーッと姉ちゃんの大きなため息が聞こえた。

「ここも隠《かく》れルートってこと、姉ちゃん？」

「……一応《いちおう》、そうなるな」

オレはさっそく、今の吊《つ》り橋《ばし》も地図に書きこむ。

――地図に、「銀色の吊《つ》り橋《ばし》」のルートが追加《ついか》された。

■ようやく、地図が完成《かんせい》！

一通り調査《ちょうさ》を終えて、オレたちはまた姉ちゃんのいるテントに戻《もど》ってきた。姉ちゃんは相《あい》変《か》わらず悪の組織《そしき》の親玉みたいにテントの中に隠《かく》れたまま、声だけでオレたちを出迎《でむか》える。

「おかえり。――さあてと。これでだいたい、道は出そろったな」

姿《すがた》を見せない姉ちゃんの代わりに、テントの前には一台のノートパソコンが置《お》いてあった。姉ちゃんがたくさん持っているやつの一つで、いつものアバターのほかに、まるで天気予《よ》報《ほう》のニュースみたいにバックにキャンプ場の地図が表示《ひょうじ》されている。

銀色の吊《つ》り橋《ばし》
タヌ助《すけ》の
穴《あな》
芽衣《めい》ちゃんの
テント
熊野《くまの》くんの
テント
アンリちゃんが
通った道
竹やぶの抜《ぬ》け穴《あな》
アンリちゃんの
テント
8
2
3
10
1
1
4
11
2
6
7
7
4
12
3
6
4
1
6
8
2
4

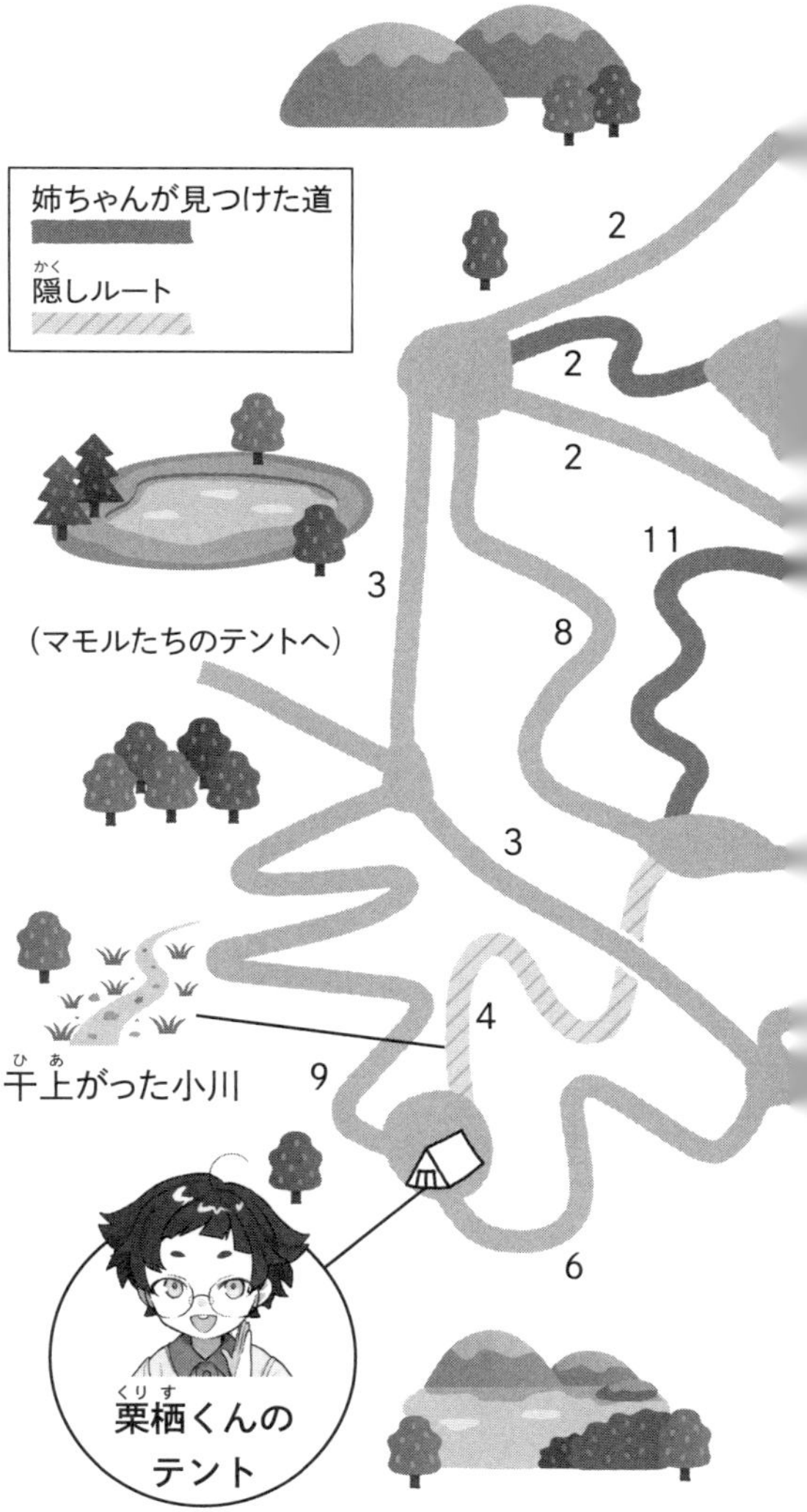

その地図を見て、つい声をあげた。

「うわあ……道がいっぱい」

ふふん、と姉ちゃんが得意《とくい》そうに言う。

「隠《かく》しルートのほかにも、アタシが一人で散歩《さんぽ》中に見つけた道も追加《ついか》しといたぜ。それと、道の横にある数字は、『ウェイウェイくん』での移動《いどう》にかかった時間だ。単位《たんい》は分」

――と、姉ちゃんは自慢《じまん》げに言うけど、実際《じっさい》にがんばって時間を計ったのは、オレたち
(姉ちゃんは一歩もテントから出ていない)。

「……で、なんで芽衣《めい》たちも呼《よ》ばれたの?」

オレのうしろで、芽衣《めい》ちゃんが腕組《うでぐ》みしながら言った。その両どなりには栗栖《くりす》くんと熊野《くまの》くんもいる。ここに戻《もど》ってくるとき、ついでに三人も誘《さそ》って回ったのだ(これも姉ちゃんの指示《しじ》)。

「そりゃあ、これから犯人《はんにん》当てをするからさ」

と、妙《みょう》にウキウキした声で、姉ちゃん。

「探偵《たんてい》が謎解《なぞと》きするときに容疑者《ようぎしゃ》を集めるのは、推理小説《すいりしょうせつ》のお約束《やくそく》だろ?」

「推理小説《すいりしょうせつ》なんて読まないけど……ヨーギシャって、芽衣《めい》たちのこと? 芽衣《めい》たちも疑《うたが》われてるの? なんで? 犯人《はんにん》はアンリちゃんに決まってるじゃん」

「だから、それをこれから確認《かくにん》するんだよ。今アンリちゃんが疑《うたが》われてるのは、アンリちゃんのテントがタヌ助《すけ》の穴《あな》にいちばん近くて、アンリちゃんがいちばん早く到着《とうちゃく》できると思われてるからだ。

ってことは――もしアンリちゃんより早く穴《あな》に着けるやつがいたら、少々話が変《か》わってく

る。そいつのほうが、犯人《はんにん》かもしれねえじゃねえか」

「……それを、この地図を使って確《たし》かめよう、ってことですか？」

栗栖《くりす》くんがしきりに眼鏡《めがね》のつるをいじりながら言う。

「理屈《りくつ》はわかりますが――でも、この地図の時間が正しいって保証《ほしょう》は？　仲良《なかよ》しのアンリちゃんを犯人《はんにん》にしないために、マモルくんたちがでたらめな数字を書いたかもしれないじゃないですか」

「実際《じっさい》に計ればわかることなんだし、そんな小細工はしねえよ。疑《うたが》うんなら、どの道でもいいから試《ため》しに計ってみれば？」

「モグ……オレッチは、別《べつ》に疑《うたが》ってないけど……」

熊野《くまの》くんが串《くし》に刺《さ》したフランクフルトをほおばりながら、パソコンを指さす。

「ところで……モグ……さっきからしゃべってるその人、だれ？」

「あっ……これは、オレの姉ちゃん……の、アバター」

「アバター？」

「マモルくんのお姉さん、朝はすっぴんだから、人前に出られないの。だから代わりに、あのアバターを使って話しているの」

アンリちゃんが説明《せつめい》すると、三人はふうん、と一応納得《いちおうなっとく》する。ちなみに今の姉ちゃんのアバターはまた衣装替《いしょうが》えして、さっきの探検隊《たんけんたい》風の格好《かっこう》から、今度は探偵《たんてい》っぽい服装《ふくそう》——チェックの帽子《ぼうし》と茶色いコート——に変《か》わっていた（手には斧《おの》の代わりに、パイプと虫眼鏡《むしめがね》を握《にぎ》っている）。

コホン、と姉ちゃんが気まずそうにせきばらいして言った。

「……話をもどすぞ。だから最初《さいしょ》にするのは、近道探《さが》しだ。この地図の道に書いてある数字を足し合わせれば、そのルートにかかる時間がわかる。

アンリちゃんの通った道は、穴《あな》まで12分。それぞれのテントから穴《あな》までの近道を探《さが》して、その12分より早く着けるやつがいないかどうか、今から確《たし》かめるんだ」

それが「犯人当《はんにんあ》て」ってことか。話を理解《りかい》したので、さっそく地図とにらめっこして、指で道をなぞりながら時間を計算し始める。

えっと、まず芽衣《めい》ちゃんのテントからタヌ助《すけ》の穴《あな》に行くには、まずこの道を通って、次にこの道を通って——

あれ？　このルートだと、12分より遅《おそ》くてだめだ。

何度も繰《く》り返《かえ》すけど、ぜんぜん見つからない。それに計算を繰《く》り返《かえ》せば繰《く》り返《かえ》すほど、どの道が計算ずみでどの道がまだなのか、だんだんわからなくなってくる。

「……ぜんぜん、見つからないけど」

しびれを切らしたように、芽衣《めい》ちゃん。

「モグ……やっぱり、近道なんてないんじゃあ……」

ややあきらめ顔で、熊野《くまの》くん。

「おいおい、本当かあ？　ちゃんとぜんぶの道を探《さが》したかあ？」

アバターの姉ちゃんはニヤニヤ楽しそうに、

「人の脳《のう》ってのは思いこみに弱いからな。探《さが》したつもりでも、ぜんぜん探《さが》してない場所があるかもしれないぞ？

それに、勘《かん》や当てずっぽうで探《さが》している限《かぎ》り、絶対《ぜったい》に〈近道がない〉とは言えない。単《たん》にお前らが見落としているだけかもしれないからな。もしアンリちゃんよりだれも早く着けないってことを証明《しょうめい》したけりゃ、ちゃんとぜんぶの道を調べて、どのテントからの道も12分より遅《おそ》い、ってことを示《しめ》してやらなきゃ」

「……そんなことしてたら、日が暮《く》れちゃいますよ」

栗栖《くりす》くんが眼鏡《めがね》を指で押《お》し上《あ》げ、少しあきれたように言った。

「道の組み合わせ、いったいいくつあると思ってるんですか」

「なんだよ、眼鏡《めがね》ももうギブアップか？　しかたねえなあ。じゃあこの問題を解《と》くために、アタシがとっておきの『アルゴリズム』を教えてやるよ」

「アルマジロ飼《か》ってるの、マモルの姉ちゃん？」と、目を輝《かがや》かせて、ソータ。

「アルゴリズムな。とっておきのアルマジロじゃなくて、とっておきのアルゴリズム。アルゴリズムっていうのは、何かの問題を解《と》くための手順《てじゅん》や方法《ほうほう》のこと。お前ら、電車に乗るときに『乗《の》り換《か》え案内《あんない》』のアプリって使わないか？　あとカーナビとか、地図アプリの道案内《みちあんない》の機能《きのう》とか」

「カーナビなら、お父さんが運転のときに使うけど……」と、少し首をかしげながら、芽衣《めい》ちゃん。

「だろう？　あれも今回の問題といっしょだ。いっぱいある道の中から、最短《さいたん》のルートを探《さが》さなくちゃいけない。でもぜんぶのルートを一つ一つ調べてたら、そこの眼鏡《めがね》が言ったみたいに日が暮《く》れちまうよな。それなのにカーナビは、すぐにいちばんの近道を教えてくれる。なんでだと思う？」

「コンピュータが計算しているからじゃないの?」と、熊野《くまの》くん。

「どんなに速いコンピュータを使ったって、計算のやり方がまずければ時間がかかるんだよ。それこそ人類《じんるい》が滅亡《めつぼう》するまで計算したって、終わらないケースもある。でもどれだけ道が多くて複雑《ふくざつ》でも、カーナビはほとんど一瞬《いっしゅん》で答えを返してくれる。なぜならその手のアプリはどれも、近道を無駄《むだ》なく探《さが》す賢《かしこ》い方法《ほうほう》を使っているからだ。それがどんな方法《ほうほう》か、みんなも知りたくないか?」

「ってことは……姉ちゃん」

オレは思わず、ゴクリとつばを飲みこむ。

「今回も、あるの? この問題を解決《かいけつ》する、その……ア、ア、ア、アルゴリズム、が」

「ああ。ある」

ババン!とパソコンの画面の中で、アバター姉ちゃんの決め顔がアップになる。

「無数《むすう》にある道の中から、たった一つの最短《さいたん》ルートを効率的《こうりつてき》に導《みちび》き出《だ》す論理《ロジック》の魔術《マジック》。今からアタシが教えるのは、中でも特《とく》に有名で、シンプルかつ強力、人類《じんるい》の叡智《えいち》が生み出した始原《しげん》にして至高《しこう》のアルゴリズム。

その名も――『**ダイクストラ法**《ほう》』だ」

■姉ちゃんのアルゴリズム推理《すいり》

シーンと、みんな静《しず》まり返《かえ》った。

「ダイ……なに？」。芽衣《めい》ちゃんが首をひねる。

「なんか……モグ……強そうな、大砲《たいほう》」と、熊野《くまの》くん。

「宇宙戦艦《うちゅうせんかん》の秘密兵器《ひみつへいき》みたいですね」と、栗栖《くりす》くん。

アンリちゃん姉妹は、そろってぽかんと口を開けていた。ソータも同じく。

オレは黙《だま》ってみんなの顔を見回してから、パソコンに向かって言った。

「姉ちゃん。みんな、その『ダイコンとオクラ砲《ほう》』のことがよくわからないみたい」

「ダイクストラ法《ほう》な」

姉ちゃんは少し元気をなくした声で、

「ほうは大砲《たいほう》の砲《ほう》じゃなくて、方法《ほうほう》の法《ほう》。計算のやり方ってこと。まあ、ごちゃごちゃ説明《せつめい》するより、実際《じっさい》やって見せたほうが早いな。マモル、こいつを受け取れ」

チーッとテントの入り口が開いて、紙や鉛筆《えんぴつ》を持った手だけが出てきた。どれも人数分あ

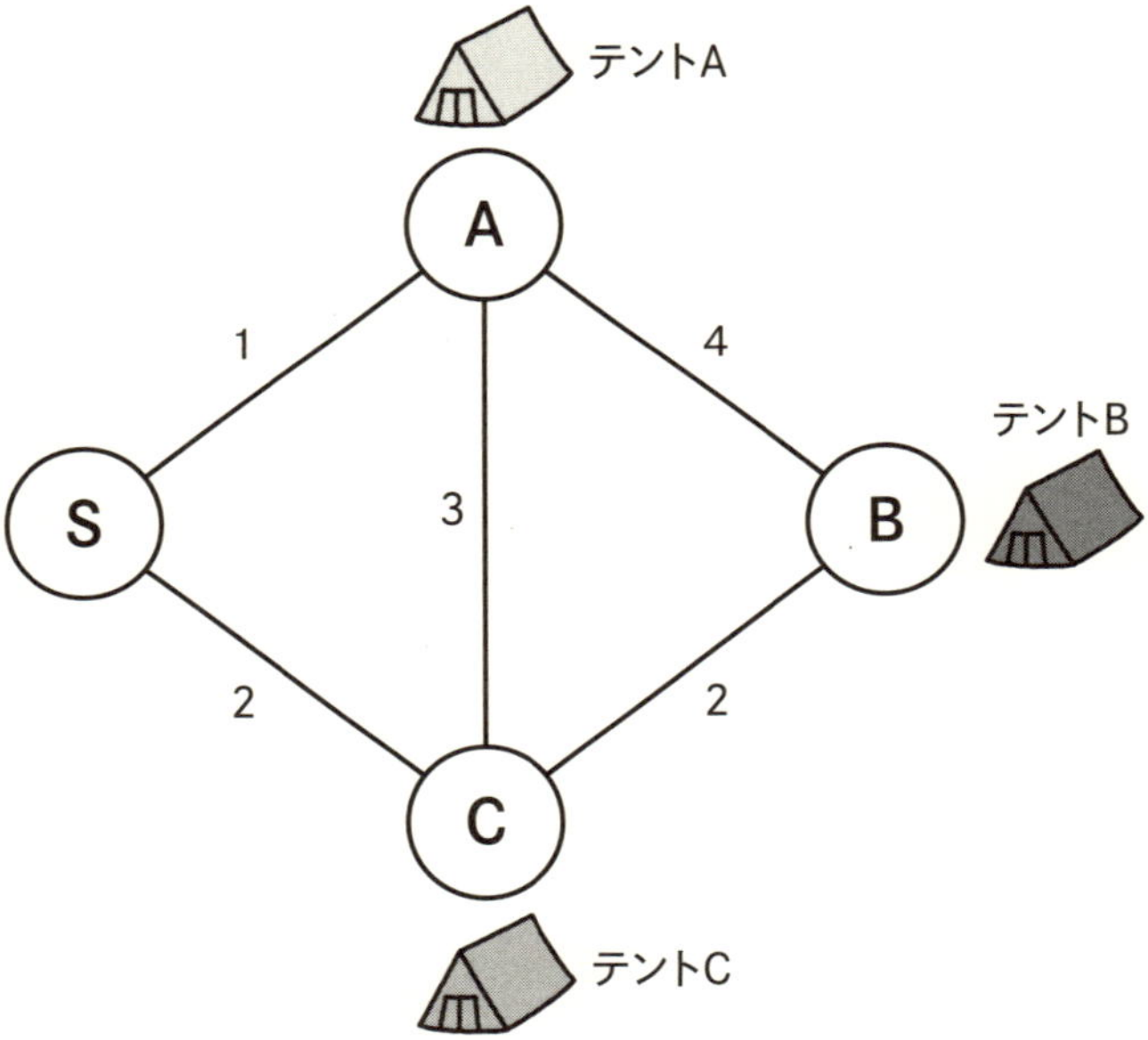

練習用の地図

この図はダウンロードできるよ。いっしょにやってみよう！

https://publications.asahi.com/design_items/pc/pdf/nazonovel/25095_01.pdf

って、紙にはいくつもの線でつながった丸や数字が書いてある。

「なにこれ？」

「練習用の地図。ダイクストラ法《ほう》のやり方を説明《せつめい》するために作った。丸が場所、線が道、線の横の数字が移動《いどう》にかかる時間を表している。単位《たんい》は『分』だ。

Ｓ《エス》がスタート。テントＡ《エー》、Ｂ《ビー》、Ｃ《シー》は実際《じっさい》のアンリちゃんたちのテントじゃなくて、仮《かり》につけた名前だ。この図だと、スタートからＳ《エス》↓Ａ《エー》の道を通ってテントＡ《エー》に行くには１分、Ｓ《エス》↓Ｃ《シー》の道を通ってテントＣ《シー》に行くには２分かかるってわけ。

このスタート地点から各《かく》テントまでの最短《さいたん》ルートを、ダイクストラ法《ほう》のアルゴリズムを使って見つけるとしよう」

「これなら、そんな『アルゴリズム』を使わなくてもわかるよ？」

「練習用って言ったろ。難《むずか》しいことをやるときは、まず簡単《かんたん》なものから始めるんだ。いいから

マモル、その紙と鉛筆《えんぴつ》を全員に配れ」

あわてて配る。みんなは不思議《ふしぎ》そうな顔をしながら、それらを受け取った。

「よし。では始めるぞ」

姉ちゃんは一人だけはりきったようすで、ウキウキした声で言う。

「やることは単純《たんじゅん》。一つ一つの丸について、そこまでかかる時間を計算していくんだ。で、それよりもっと早く着くルートが見つかったら、その時間でどんどん最短記録《さいたんきろく》を更新《こうしん》していく。

その計算っていうのも、今からアタシが言うたった四つの手順《てじゅん》を守るだけだ。それじゃあ、さっそく説明《せつめい》していくぞ。

ダイクストラ法《ほう》の手順《てじゅん》、その①……**まず、スタートを0にしろ！**

S《エス》の丸に、数字の0を書きこむんだ」

「……でも、丸にはS《エス》ってもう書いてあるよ？」

「そういうときは、少し上あたりに書けばいい。自分で見やすいように書けよ」

少し考えて、言われた通りS《エス》の丸の上側《うえがわ》に、小さく0を書きこむ。

「みんなできたか、マモル？」

「う、うん……できたみたい」

手順《てじゅん》① スタートを0にしろ！

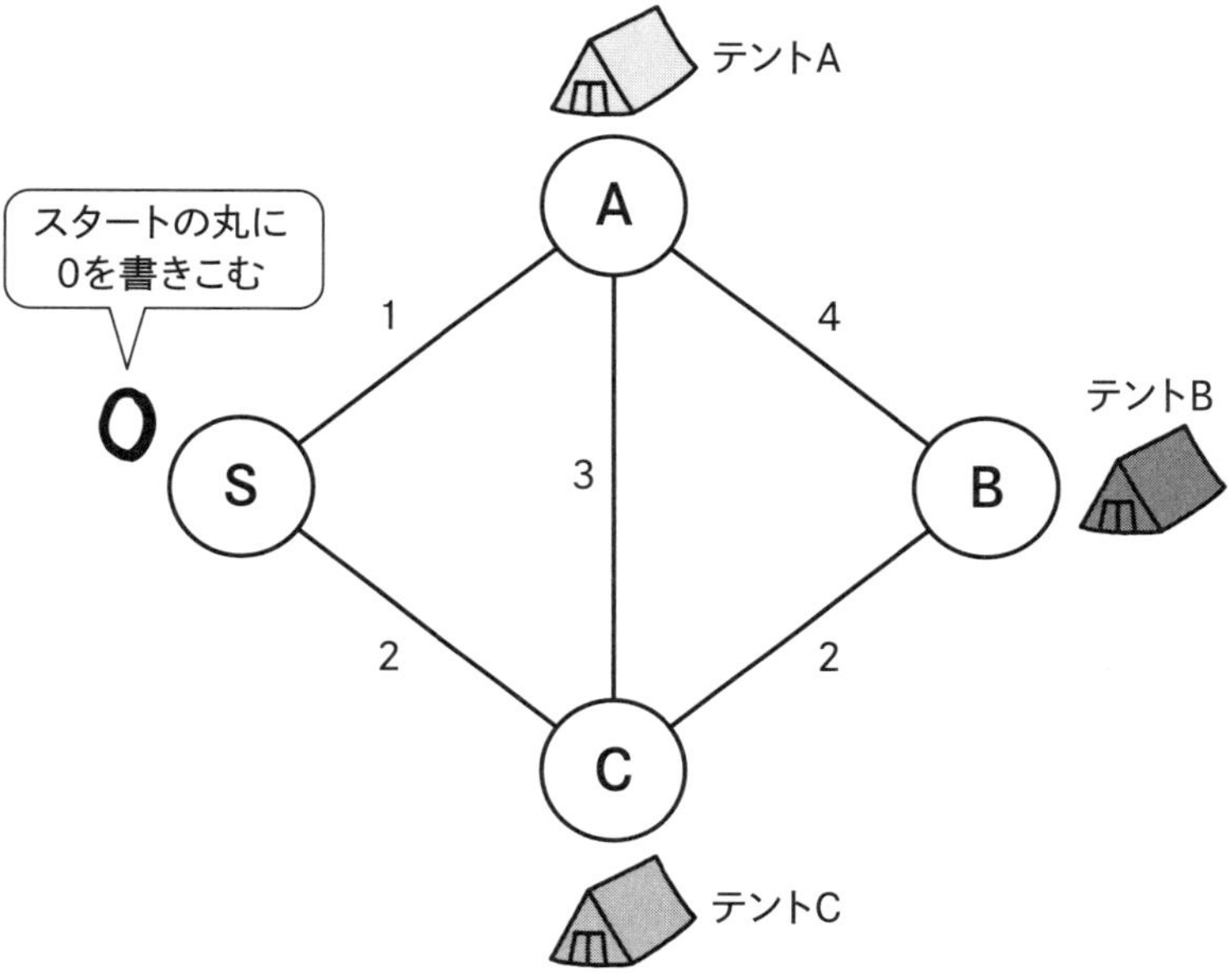

「よし、じゃあ続《つづ》けるぞ。

ダイクストラ法《ほう》・手順《てじゅん》その②……**今数字が書かれている丸の中から、いちばん数字が小さいやつを見つけてマークをつけろ！**

今回は太ペンで丸を囲《かこ》んで、鉛筆《えんぴつ》で色をつけることにしよう」

テントから、今度は太ペンが出てくる。

「太ペンで囲《かこ》むって……どの丸を？」

芽衣《めい》ちゃんがとまどい顔できく。

「さっき0を書きこんだ、S《エス》の丸のことじゃないかな？」

栗栖《くりす》くんが答える。

「今、いちばん小さい数字って、0だから」

「その通り。お前賢《かしこ》いな、眼鏡《めがね》。コモリポイント10点ゲットだ」

「コモリポイント？」

「アタシが発行するポイント。集めると……何かいいこと、あるかもしれない」

よくわからないけど、ちょっと欲《ほ》しくなるのはなんでだろう？

「そういうわけで、マークをつけるのはS《エス》の丸だ。さあさあ、手を動かせ」

手順《てじゅん》② 数字がいちばん小さい丸に、マークをつけろ！

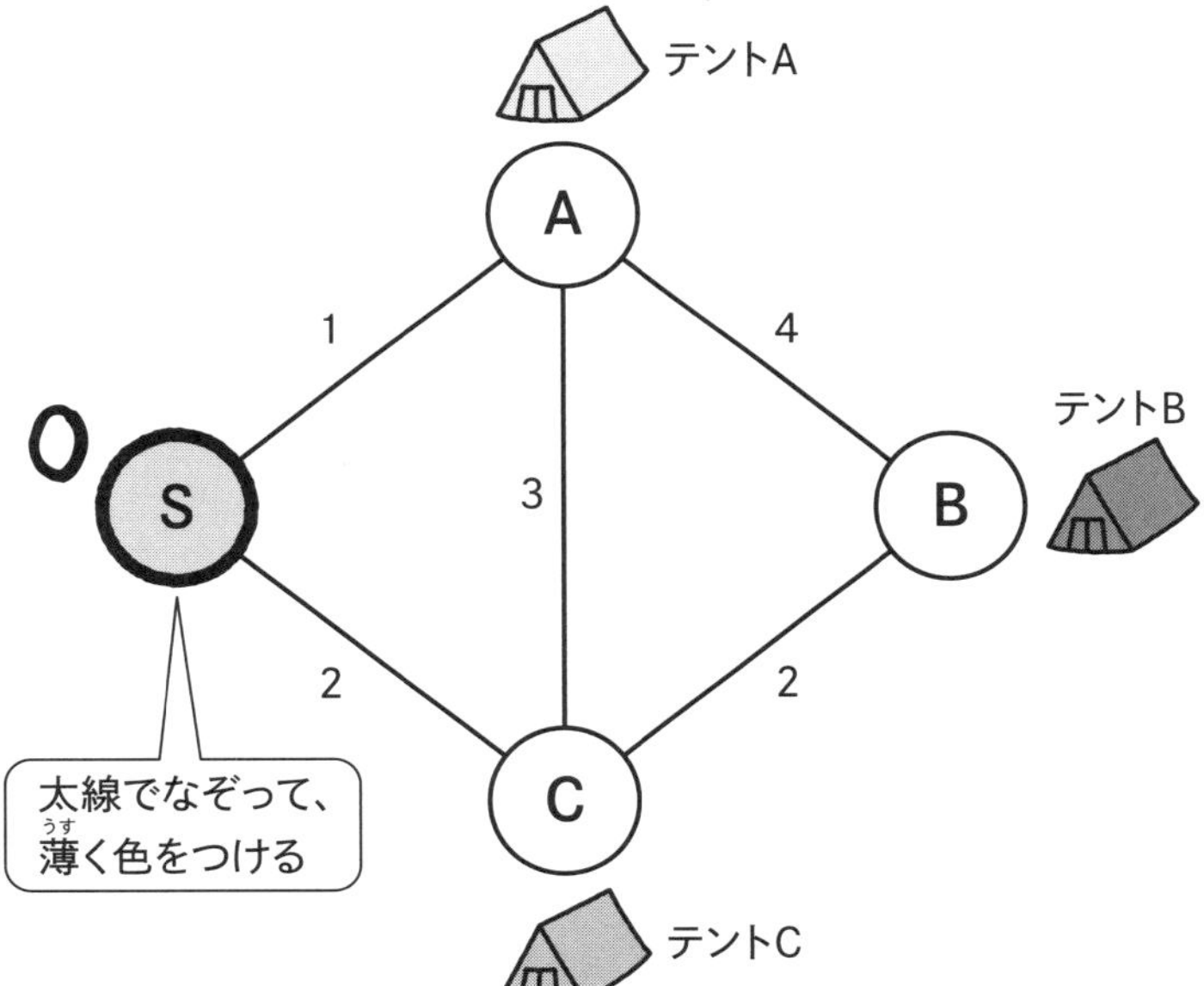

今度も素直《すなお》に、言われた通りにする。

「書いたよ、姉ちゃん」

「よろしい。さて、お次だ。ちょっとややこしいが、この三つ目の手順《てじゅん》がいちばんのキモだぞ。よく聞けよ、みんな」

姉ちゃんの口調が変《か》わってきたので、オレはハッと気を引きしめた。これ、姉ちゃんの話が難《むずか》しくなってくる合図（姉ちゃんは調子に乗ってくるとどんどん早口で複雑《ふくざつ》なことを言い始めるので、頭の回転のギアを上げていかないと、話についていけなくなる）。

「ダイクストラ法《ほう》・手順《てじゅん》その③……**今マークした丸から行ける丸に、マークした丸の数字と、線の数字を足した数を書きこめ！**」

みんなの手が、ピタリと止まった。

とまどいの視線《しせん》がオレに集中し、オレは代表して口を開く。

「えっと……どういうこと、姉ちゃん？」

「口だけじゃわかりづらいよな。ここも実際《じっさい》やってみせるか」

画面のはしに、指さし棒《ぼう》を持った姉ちゃんのアバターが出てくる。

「まず第一に……**今マークした丸**って、なんだ？」

「S《エス》の丸？」と、ソータ。

「正解《せいかい》。ソータもコモリポイント10点ゲットだ。では、このS《エス》から行ける丸っていうのは、どれだ？」

「A《エー》とC《シー》！」

オレも元気よく叫《さけ》ぶ。別《べつ》にポイントに釣《つ》られたわけじゃないけど、なんかソータと張《は》り合《あ》いたくなってきた。

「マモルも正解《せいかい》。コモリポイント10点ゲットだ。その通り、S《エス》と線でつながっているのはA《エー》とC《シー》だな。だからこの二つが、**今マークした丸から行ける丸**ってわけ」

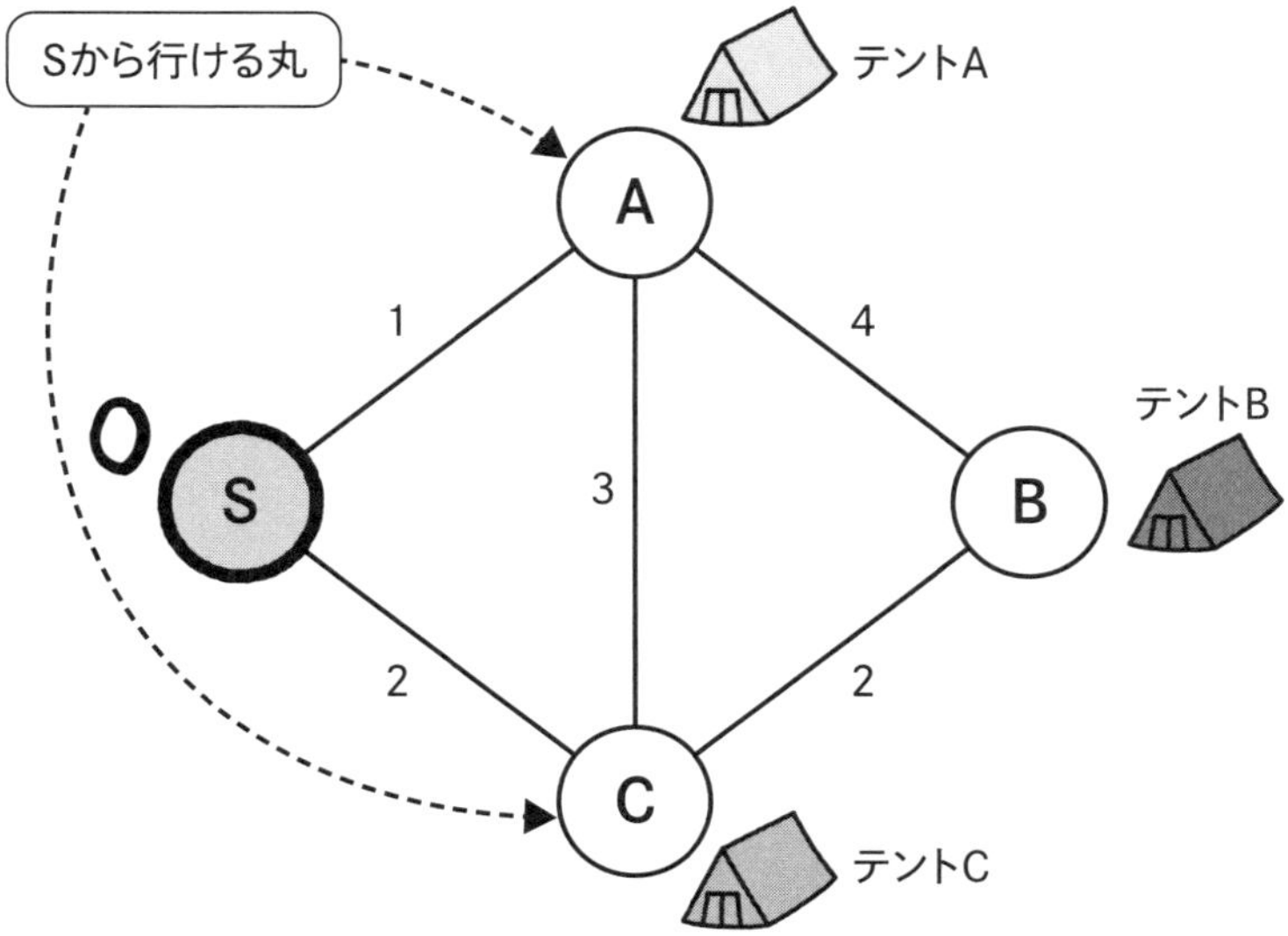

「このA《エー》とC《シー》の丸に、それぞれ新しい数字を書きこんでいくんだ。書きこむ数字は、**マークした丸の数字と、線の数字を足した数**。たとえばA《エー》に書きこむ数字は、S《エス》の数字とS《エス》→A《エー》の線の数字を足した数になるから——」

「0足す1で、1です！」と、栗栖《くりす》くん。

「正解《せいかい》。眼鏡《めがね》に10コモリポイント」

姉ちゃんがうれしそうに言って、また画面の数字や記号を書《か》きかえる。

「それじゃあ同様に、C《シー》の丸に書きこむ数字は——」

「「S《エス》の0と線の2を足して、2！」」。ポイントが欲《ほ》しくなったのか、今度は熊野《くまの》くんとアンリちゃんが同時にさけぶ。

「二人とも正解《せいかい》。5コモリポイントずつやろう。つまり手順《てじゅん》③をまとめると、こういうことだな」

画面がまた書《か》きかわる。

手順《てじゅん》③ 今マークした丸から行ける丸に、マークした丸の数字と、線の数字を足した数を書きこめ！

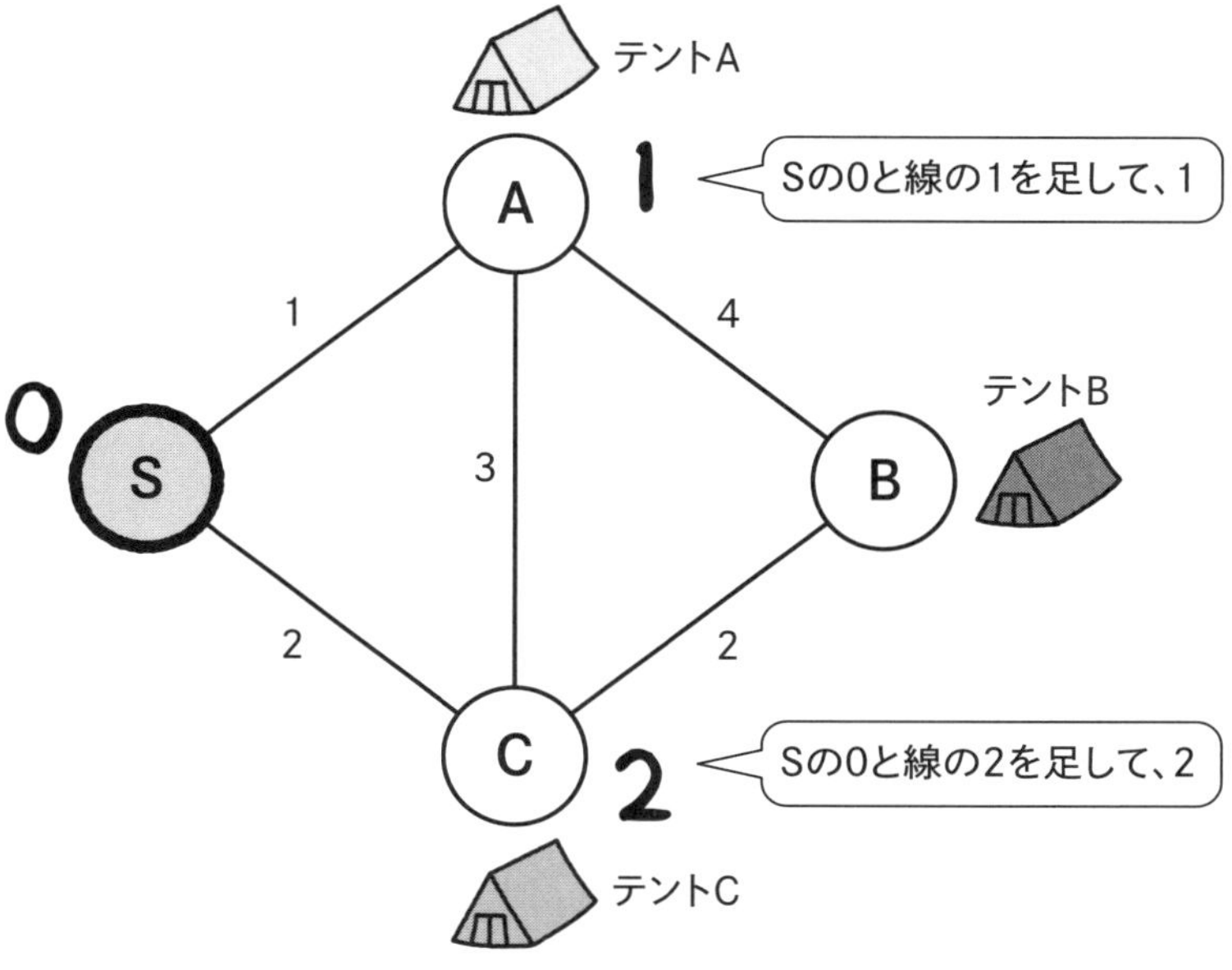

オレは図を見ながら、ふと首をかしげた。

「ところで、今この丸に書きこんだ数字って何なの、姉ちゃん?」

「いい質問《しつもん》だ、マモル。コモリポイント5点ゲット。

この数字は、スタートからその丸に着くまでにかかる時間を表している。A《エー》なら1分、C《シー》なら2分ってことだな。B《ビー》はまだ数字が書いてないから、何分かかるかわからない。

ただし、これはあくまで仮《かり》の数字。このあとの計算で、もっと早い道が見つかるかもしれないからな。本当にそれが〈最短時間《さいたんじかん》〉だと決まるのは、その丸がマークされたときだ。手《て》順《じゅん》②でマークをつけるのは、それで数字が確定《かくてい》したって意味だから」

「確定《かくてい》?」

「それ以上《いじょう》この数字は変《か》わりません、ってこと」

丸の数字は、スタートからの時間を表す！

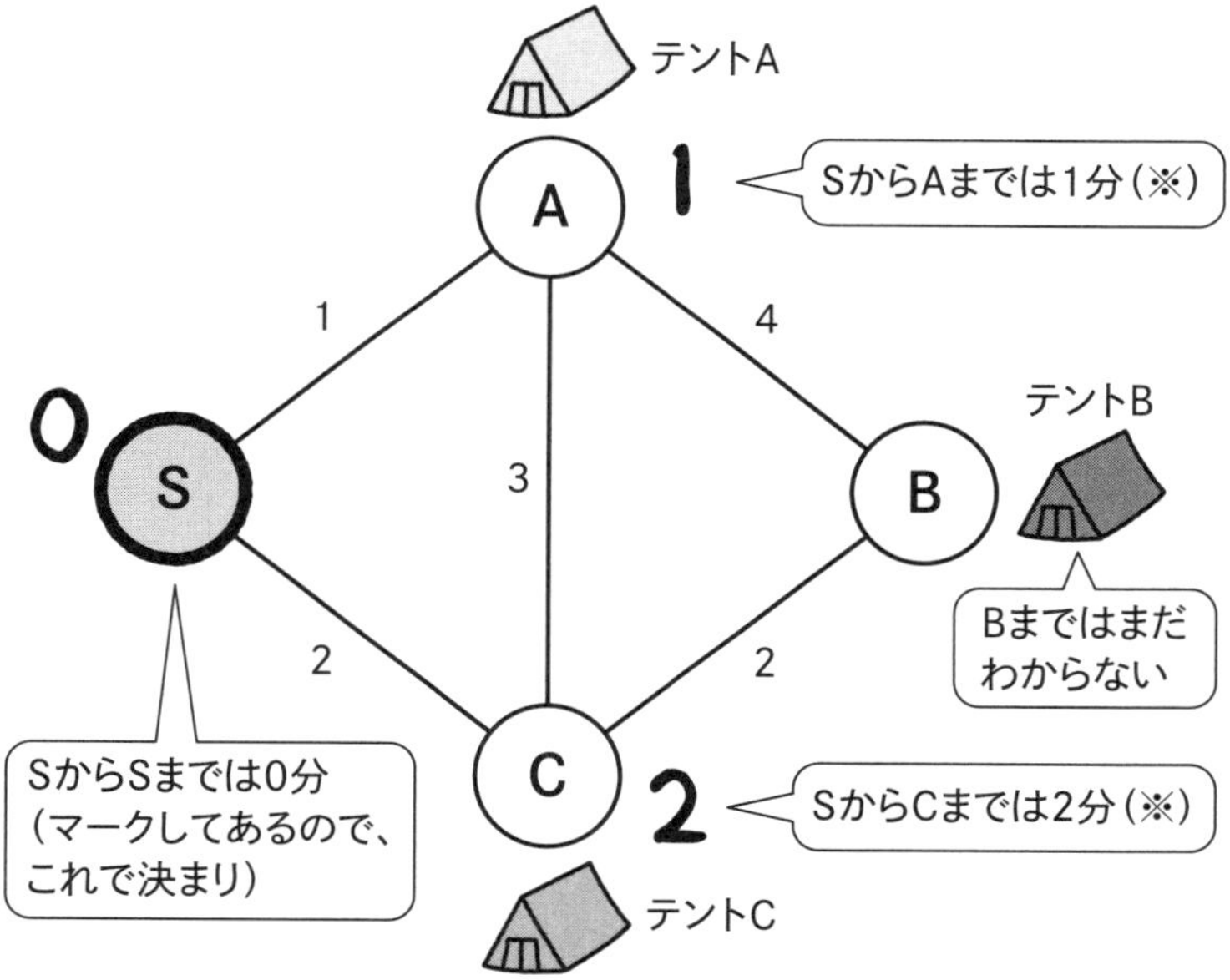

（※）まだマークしていない丸は、仮《かり》の数字
（もっと早く着けるかもしれない）

「ここまで、いいか？　それじゃあ、次の手順《てじゅん》だが――」

「まだあるの！」

アンリちゃんが悲鳴をあげる。

「安心しろ、アンリちゃん。これでラストだ。

最後《さいご》のダイクストラ法《ほう》・手順《てじゅん》その④……**すべての丸がマークされるまで、②〜④の手順《てじゅん》を繰《く》り返《かえ》せ。**

ようは、まだマークしてない丸が残《のこ》ってたら、また手順《てじゅん》②に戻《もど》って同じことをやれ、ってこと。

ただし二周目《しゅうめ》からは、ちょっと注意が必要《ひつよう》だ。まず手順《てじゅん》②では、**すでにマークされた丸については無視《むし》する。**二周目《しゅうめ》ではS《エス》がすでにマークされているから、S《エス》は無視《むし》して、それ以外《いがい》の丸から数が小さいものを探《さが》すんだ。だから二周目《しゅうめ》の手順《てじゅん》②でいちばん数字が小さいのは、A《エー》の丸になる。

またどの線を使ってその数字を計算したか忘《わす》れないために、太線で**ルートも記録《きろく》**しておこう。この記録《きろく》したルートが、その丸までの最短《さいたん》ルートとなる。

図で説明《せつめい》すると、こんな感じだ」

二周目《しゅうめ》からの手順《てじゅん》②の注意点

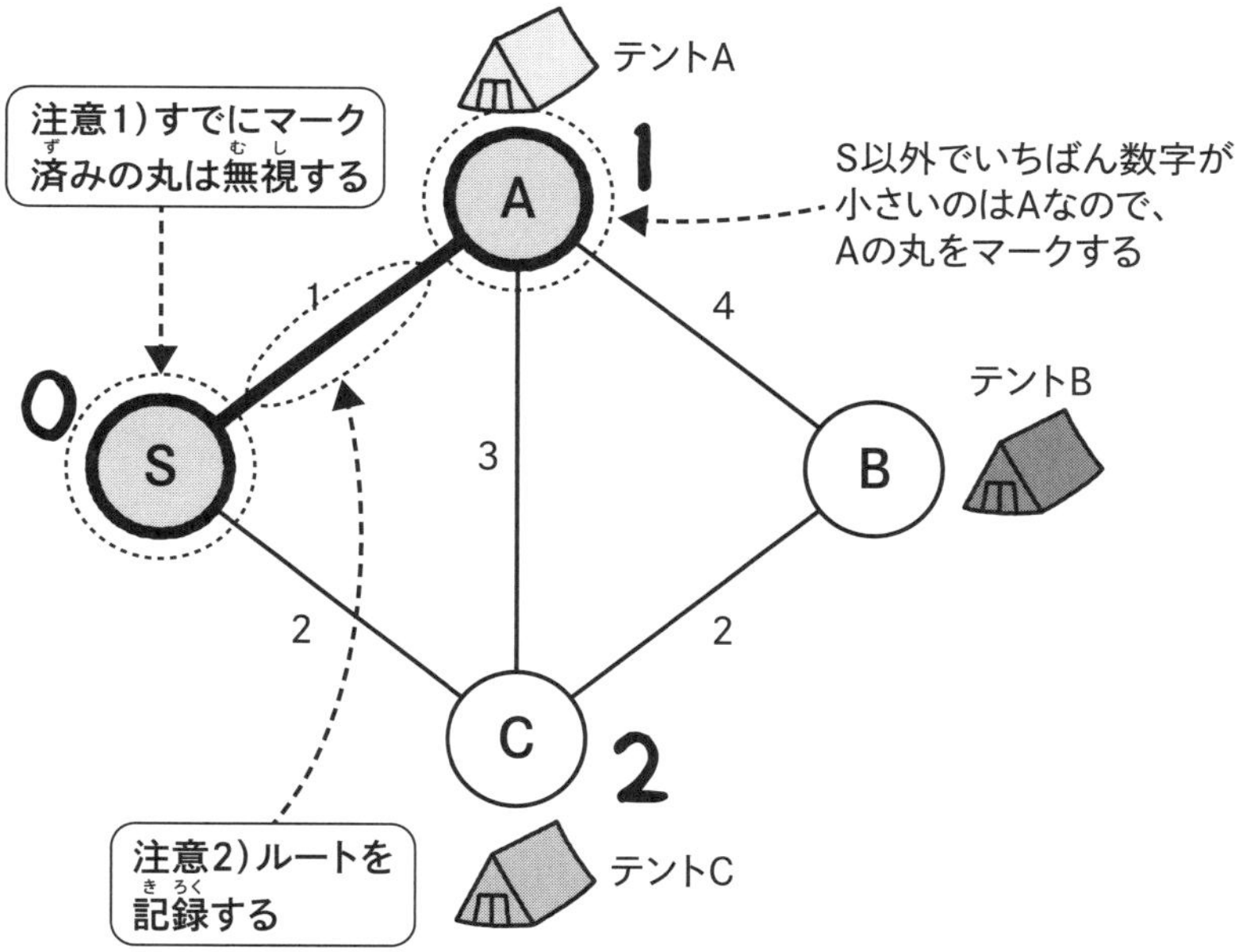

「また手順《てじゅん》③も、二周目《しゅうめ》からは注意が二つ必要《ひつよう》だ。

一つは手順《てじゅん》②と同じく、**マーク済《ず》みの丸は無視《むし》する**こと。

もう一つは、もしすでに書きこんである数字より**数が大きい場合は書きかえない**、ってことだ。

次の図を見てくれ。これは二周目《しゅうめ》の手順《てじゅん》③だ。この図の場合、A《エー》からC《シー》に向かうルートの時間を計算すると、A《エー》の1とA《エー》↓C《シー》の3を足して4となる。だけど、C《シー》にはすでにS《エス》↓C《シー》で計算した2が書きこんであるよな。つまり、S《エス》↓A《エー》↓C《シー》だと4分、S《エス》↓C《シー》だと2分かかる計算になり、S《エス》↓C《シー》のほうが早い。なのでC《シー》に4は書きこまず、2のままとする」

二周目《しゅうめ》からの手順《てじゅん》③の注意点

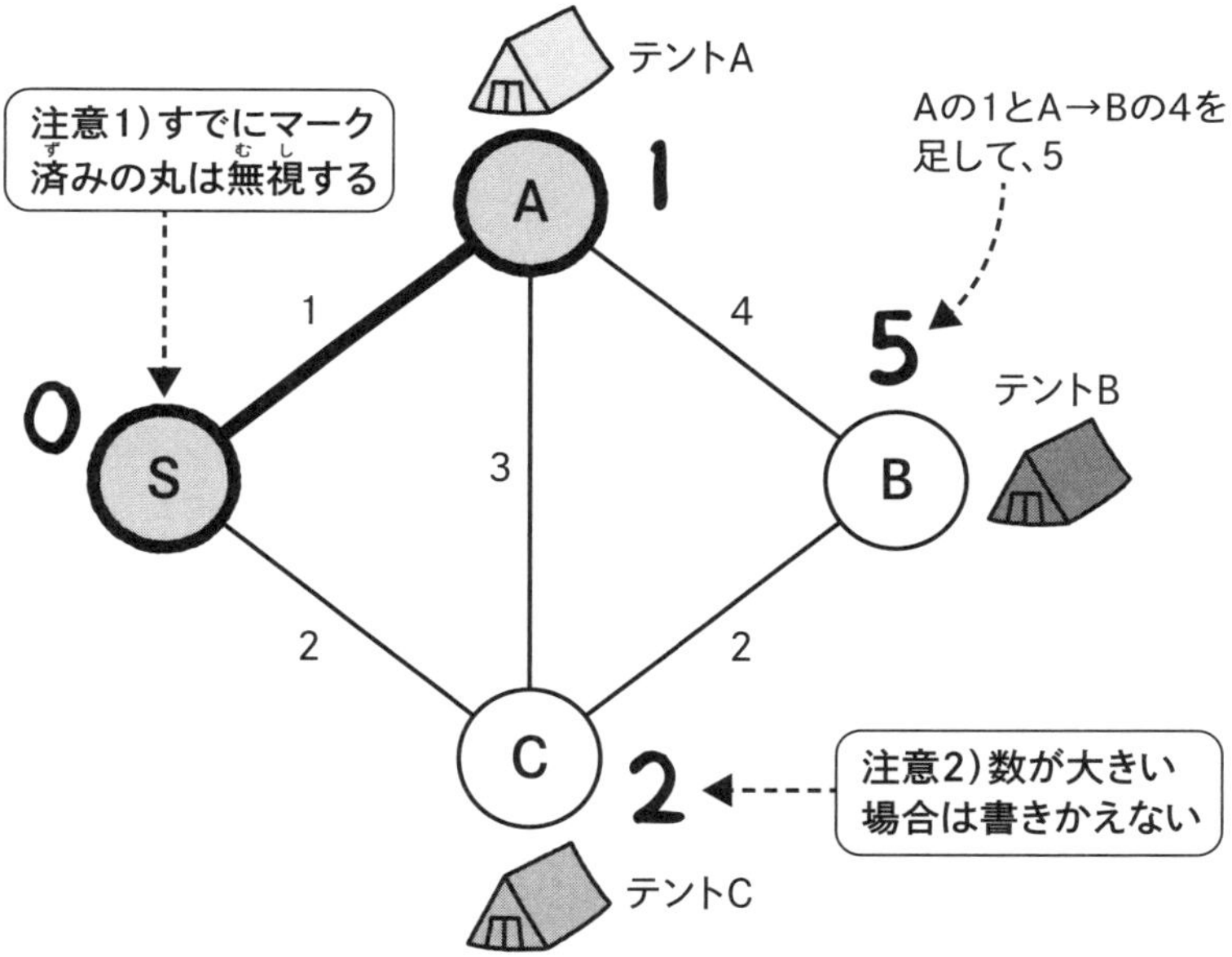

「説明《せつめい》だけ聞くとちょっとややこしそうだけど、実際《じっさい》計算してみりゃ、ああ、こういうことか、ってわかるよ。

そして二周目《しゅうめ》が終了《しゅうりょう》したら、三周目《しゅうめ》の手順《てじゅん》に入って、以下略《いかりゃく》。あとはぜんぶの丸がマーク済《ず》みになるまで、ひたすら同じ手順《てじゅん》を繰《く》り返《かえ》す。

まとめるとこんな感じだな」

ダイクストラ法　手順《てじゅん》まとめ

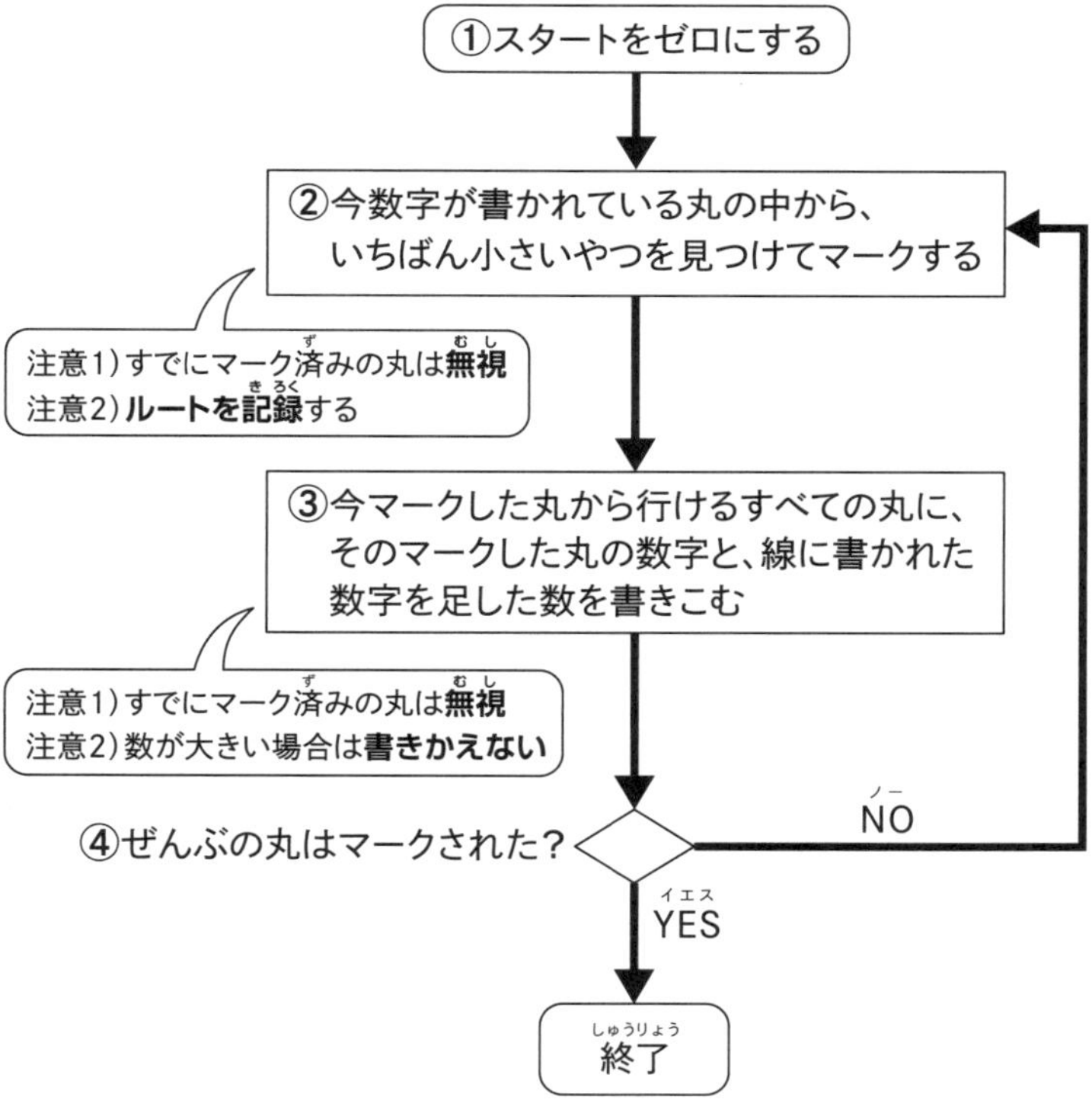

「説明《せつめい》はこれでぜんぶなんだが……どうだ？　なんとなく、やり方のイメージはつかめてきたか？」

少し心配そうな声で、姉ちゃん。オレたちはそろって、「うーん……」と自信《じしん》なさそうな返事をする。

「まあ、実際《じっさい》に手を動かしてみりゃ、わかるよ。あとはみんなで相談しながら、がんばって自力で解《と》いてみな。まちがったら教えてやるから」

急に放《ほう》り出《だ》された。オレたちはとまどいつつも、おたがい配られた紙を持《も》ち寄《よ》って、ワイワイガヤガヤ、相談しながら地図に数字を書きこんでいく。

姉ちゃんにいっぱいヒントをもらい、だいぶ時間もかかったけど、なんとか地図が完成《かんせい》した（※途中《とちゅう》のやり方を知りたい人は、この本の２４８ページからを見てね）。

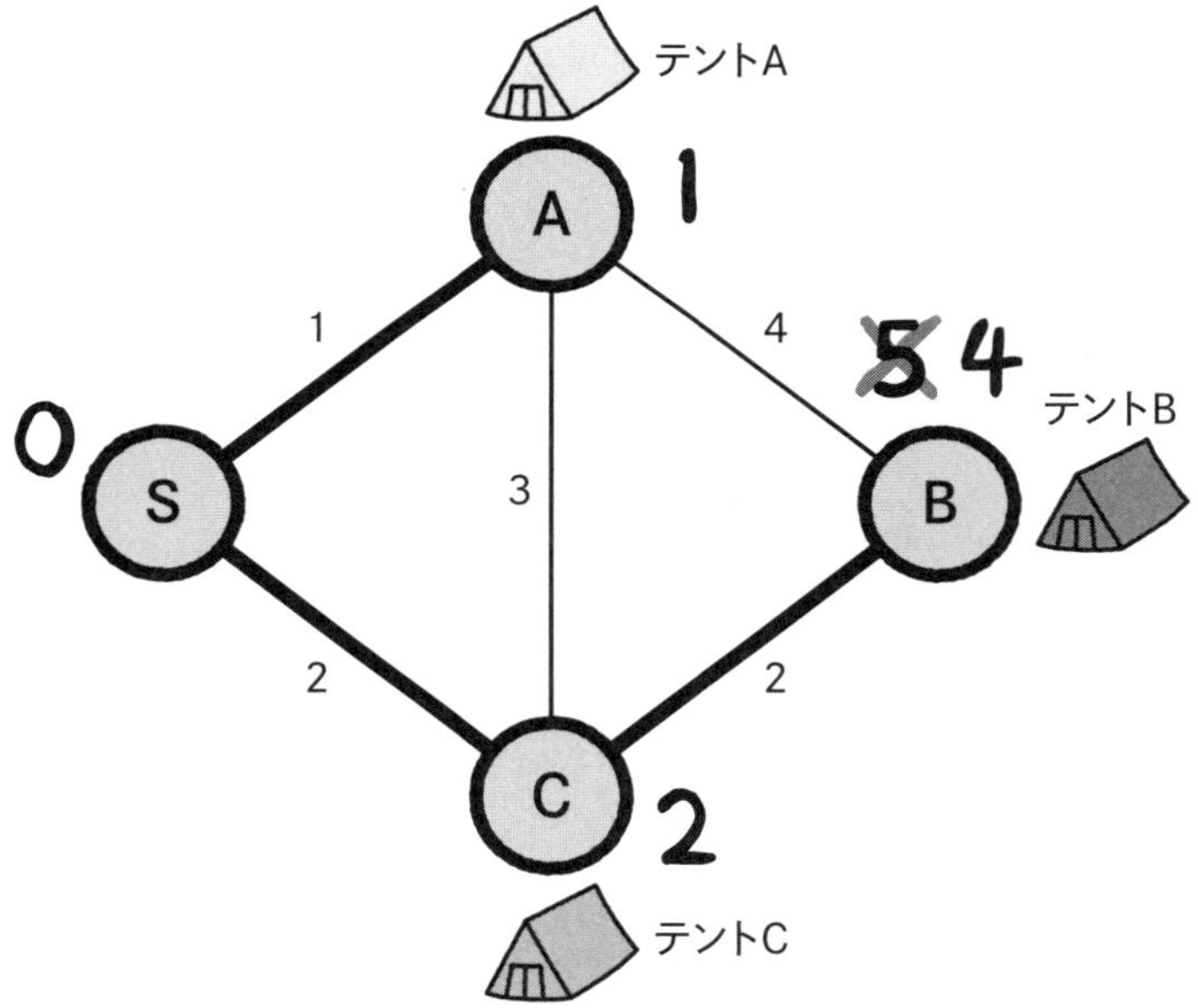

「よし。上出来、上出来」

地図を見せると、アバターの姉ちゃんは満足《まんぞく》そうにウンウンうなずく。

「これで正解《せいかい》。このぜんぶの丸をマークし終わったあとの数字と太線が、その丸までの最短《さいたん》の時間とルートだ。

つまり、A《エー》まではS《エス》→A《エー》で1分、C《シー》まではS《エス》→C《シー》で2分、B《ビー》まではS《エス》→C《シー》→B《ビー》で4分が最短《さいたん》。B《ビー》にはA《エー》を通っていくルートもあるが、これを見れば、C《シー》を通るルートがいちばん早いってわかる」

オレは実際《じっさい》に線をいくつかなぞっ

て、本当にそれがいちばん早く着ける道かどうか確認《かくにん》してみた。——本当にどの丸も、いちばんの近道になっている！

「コツはつかんだか？　ではお待ちかね、お次はいよいよ本物のキャンプ場の地図で——」

「ま、待って。ちょっと休憩《きゅうけい》」

芽衣《めい》ちゃんが音《ね》をあげる。ほかのみんなもぐったりしていた。アンリちゃんは熱中症《ねっちゅうしょう》にかかったみたいに頭に濡《ぬ》れタオルをのせて、姉ちゃんのサマーベッドでダウンしている。

「ありゃあ……ちょっと飛《と》ばしすぎたか」

アバター姉ちゃんはエヘへと気まずそうに笑《わら》って、

「それじゃあ、10分休憩《きゅうけい》！　そこのクーラーボックスに飲み物があるから、みんな水分をしっかり取って、トイレも済《す》ませておけよ！」

一人だけ、やけに元気な姉ちゃん。別《べつ》にオレたち、キャンプに勉強しに来たわけじゃないんだけどなあ……とフラフラの頭で考えつつ、オレはソータといっしょにトイレに向かう。

■いよいよ、犯人探《はんにんさが》し！

休憩《きゅうけい》を済《す》ませて、またテントの前に集まる。

「よし。では本番、始めるぞ」

姉ちゃんが生き生きした声で言う。

「まずは図の準備《じゅんび》だ。今説明《せつめい》したダイクストラ法《ほう》の計算がしやすいように、本物の地図を、さっきの練習のときみたいな丸と線の図に置《お》き換《か》えよう。こんな感じだ」

テントから、ぴらりと新しい紙が出てくる。

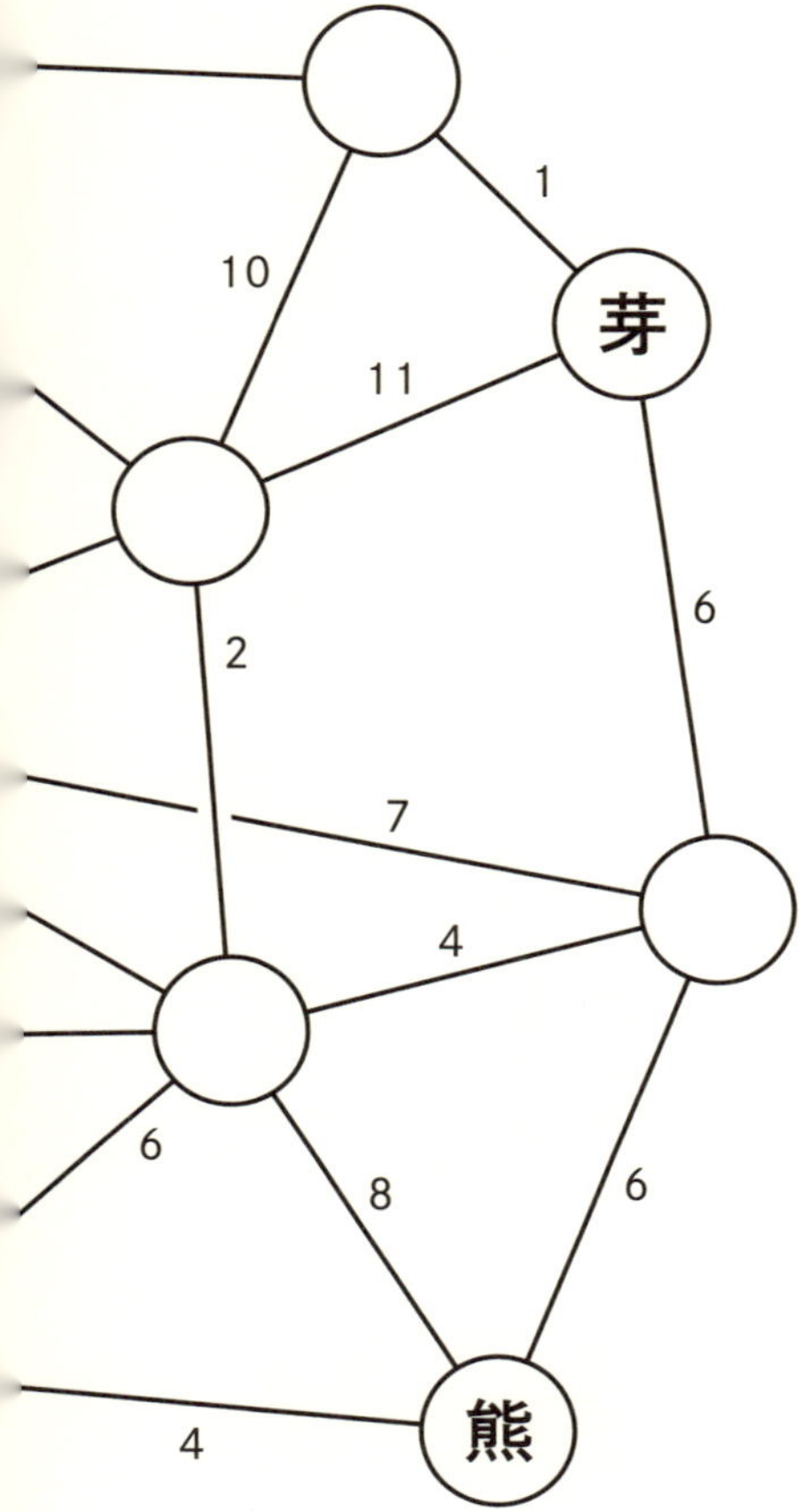

うわ……丸と線と数字がいっぱい！

「こういう丸と線だけの図を、『グラフ』と呼《よ》ぶんだ。『棒《ぼう》グラフ』とかのグラフとは少し意味がちがうぞ。ちなみに『タ』と書いてあるのはタヌ助《すけ》の穴《あな》で、『ア』はアンリちゃんのテント。ほかの丸も同様だ。

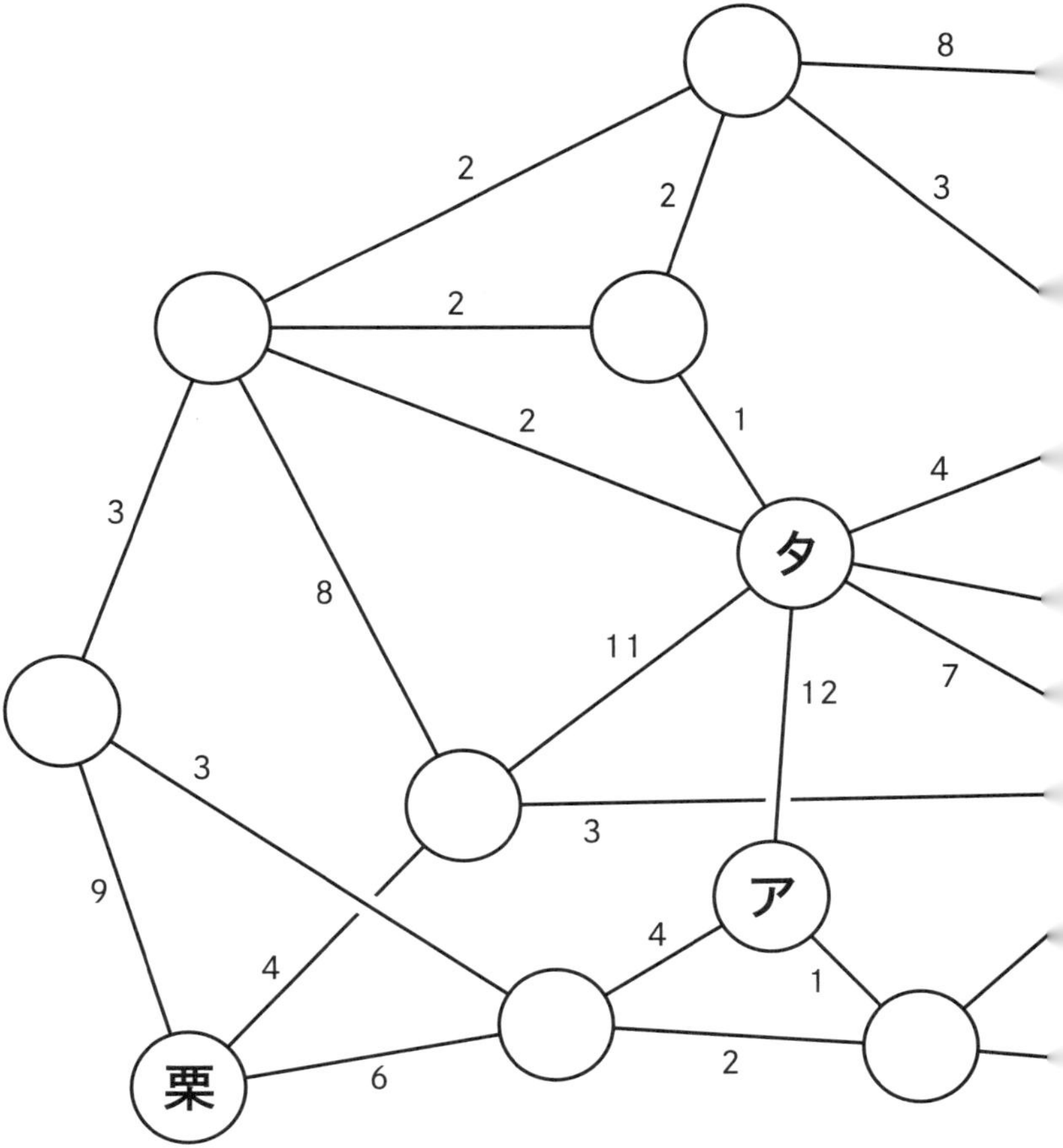

本番の地図

この図はダウンロードできるよ。謎《なぞ》解《と》きに挑戦《ちょうせん》してみよう！
https://publications.asahi.com/design_items/pc/pdf/nazonovel/25095_02.pdf

それじゃあこの図を使って、さっそく計算を始めよう。タの丸――『タヌ助《すけ》の穴《あな》』をスタートとして、さっき説明《せつめい》した手順《てじゅん》を繰《く》り返《かえ》すんだ」

「『タヌ助《すけ》の穴《あな》』は、ゴールじゃないの？」と、オレ。

「スタートとゴールは入《い》れ替《か》えても、最短《さいたん》ルートは変《か》わらない。スタートから見て最短《さいたん》ってことは、ゴールから見ても最短《さいたん》ってことだろ？　もし一方通行の道があったら、また話は別《べつ》だが」

少し考えた。ええと、スタートからの最短《さいたん》ルートは、逆《ぎゃく》にたどればゴールからの最短《さいたん》ルートになるから……どっちにしろ、同じってことか。

「さっきの手順《てじゅん》を続《つづ》けていって、全員のテントの丸がマークできれば、それぞれの穴《あな》までの最短《さいたん》時間とルートがわかるって寸法《すんぽう》さ。それでアンリちゃんの12分より早く着けるやつが見つかれば、そいつが真の犯人候補《はんにんこうほ》ってわけ。

説明《せつめい》は以上《いじょう》。あとはぶっつけ本番で計算してみろ。さっきみたいにみんなで協力《きょうりょく》していいから」

……このやり方で、『タヌ助《すけ》の穴《あな》』に12分より早く着くテントを見つけろってこと？

この方法《ほうほう》でどうして〈最短《さいたん》ルート〉がわかるのか、まだちょっとよくわからなかったけど、とにかく姉ちゃんを信《しん》じてやってみることにした。オレたちはまた輪《わ》になって、新しい地図の前に集まる。さっきと同じようにワイワイ相談しながら、まとめの紙を参考《さんこう》にして、一つずつ手順《てじゅん》を繰《く》り返《かえ》していった。

まず、スタートの丸に0を書きこんで――。

次に、スタートの丸をマークして――。

太ペンで丸をマークしていくたびに、心臓《しんぞう》がドキドキした。まるで隠《かく》れている犯人《はんにん》を、徐々《じょじょ》に追《お》い詰《つ》めている気分。この計算が終われば犯人《はんにん》がわかるんだと思うと、なんだか緊《きん》張《ちょう》してきた。みんなも同じ気持ちなのか、三周目《しゅうめ》くらいからおたがいだんだん目を合わせなくなってくる。

――いったいだれが、犯人《はんにん》なんだろう？

■犯人《はんにん》は……

「あれ？」

ようやくぜんぶのテントをマークし終わったところで、オレは首をひねった。

「これって……」

ソータもあっけにとられた顔をする。みんなも同じ表情《ひょうじょう》だった。

計算が終わったときの地図は、こんな感じだった。

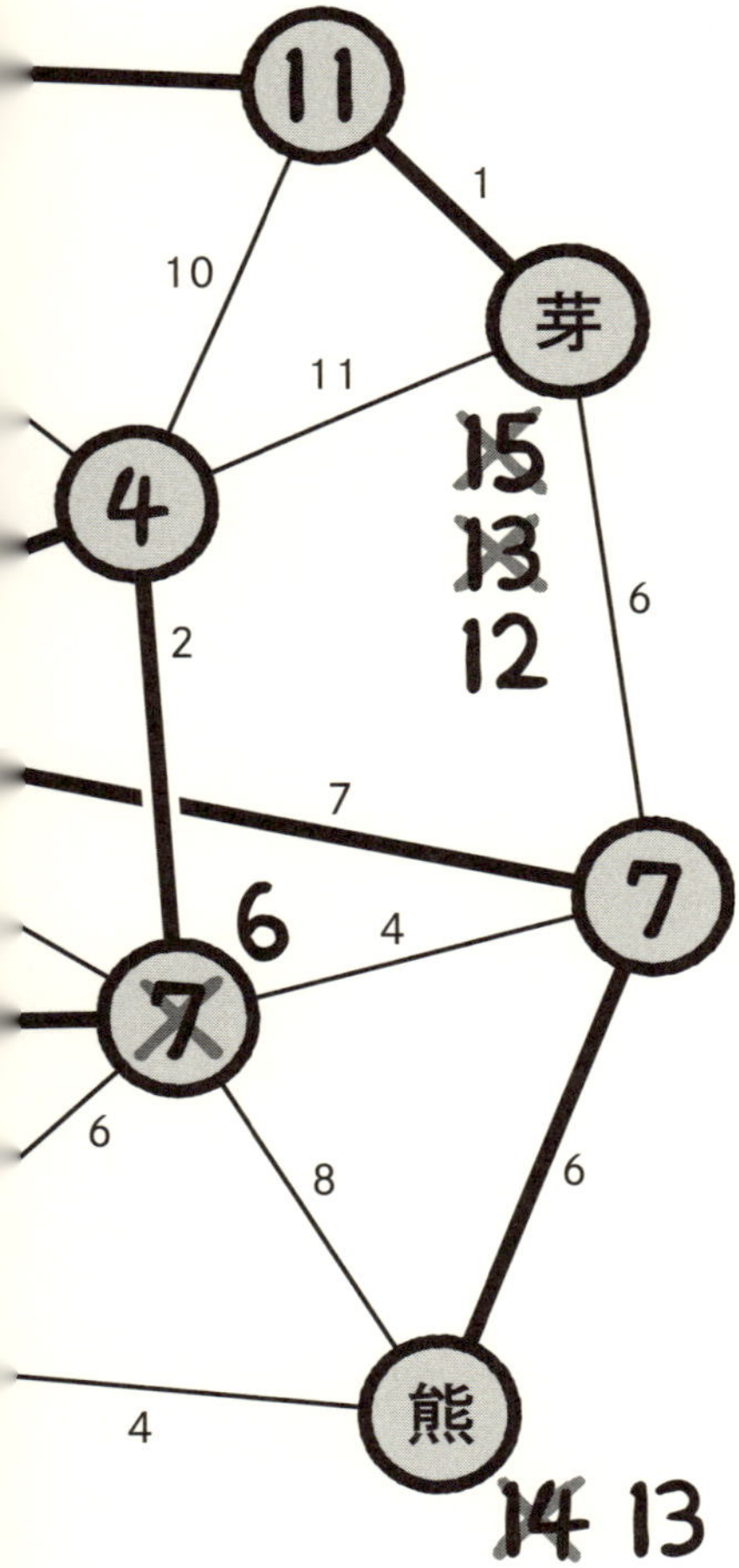

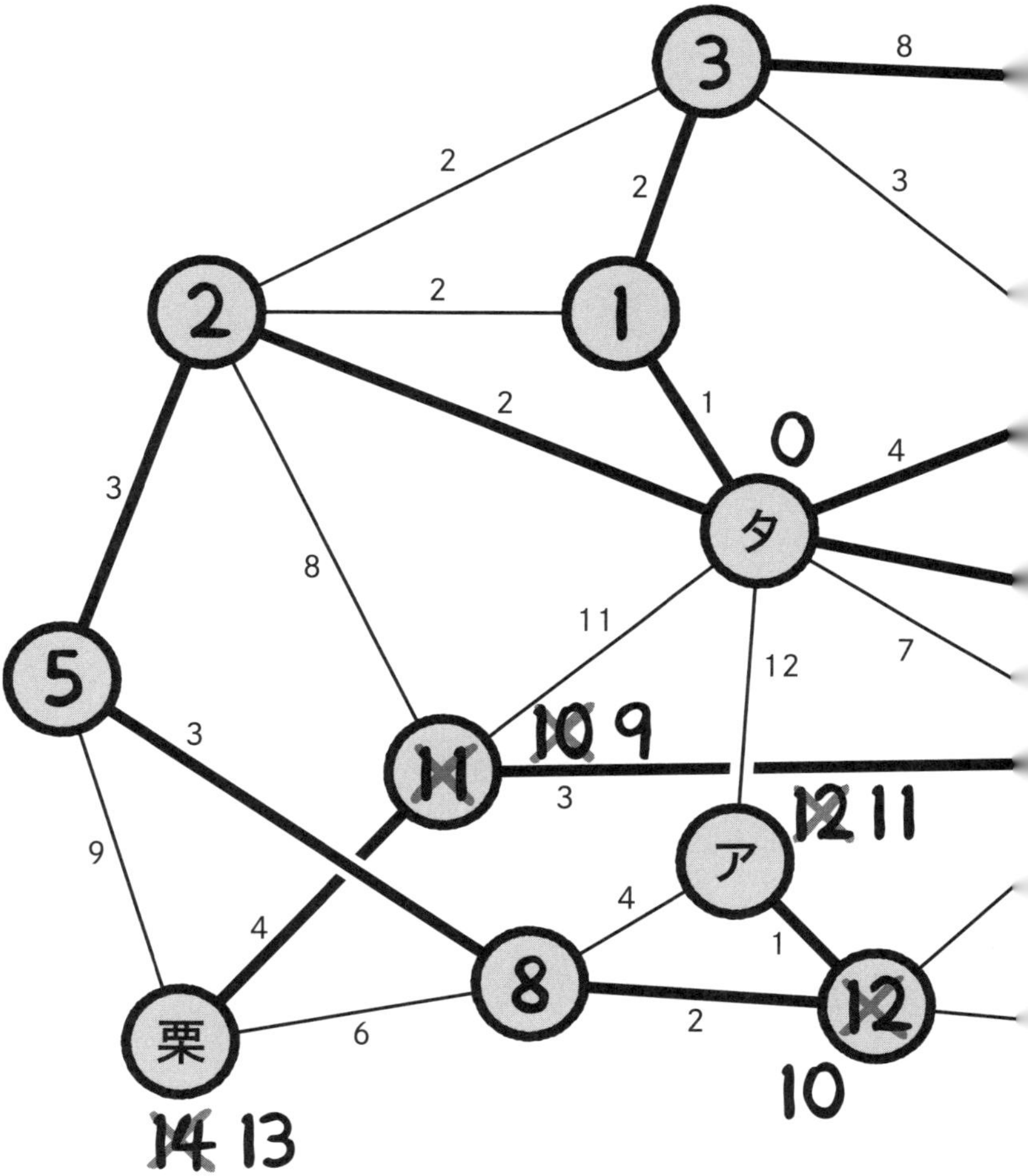
3
8
2
2
3
2
1
2
1
2
0
4
3
8
タ
11
12
7
5
3
11
10 9
3
ア
12 11
9
4
4
1
8
12
栗
6
2
10
14 13

これを見ると、かかる時間は長い順《じゅん》に、

熊野《くまの》くん——13分。
栗栖《くりす》くん——13分。
芽衣《めい》ちゃん——12分。
そして、アンリちゃん——11分。

そう。アンリちゃんより早く着けるのは、アンリちゃんしかいないのだ（12分の一本道のルートは、最短《さいたん》じゃなかったってこと）。

「……やっぱり、アンリちゃんが犯人《はんにん》だったたってこと？」

芽衣《めい》ちゃんが、今度は怒《おこ》っているというより少しとまどい顔で、アンリちゃんを見る。

「ち、ちがう」

アンリちゃんは青ざめた顔で、ブンブン首を振《ふ》った。

「もしかしてオレたち、計算まちがえた？　姉ちゃん」

「いいや。それで合ってる」

シーンと、また静《しず》かになった。

「でも」

と、姉ちゃんが続《つづ》けた。

「たぶん犯人《はんにん》は、アンリちゃんじゃない」

「え？」

「前にマモルが言ったろ。アンリちゃんの帽子《ぼうし》は、その12分かかる一本道の途中《とちゅう》に落ちてたって。つまりアンリちゃんは、今の計算で出てきた最短《さいたん》ルートを通ってないんだ」

「じゃあ、計算しても意味なかったってこと？」

「そんなことないさ。だってアンリちゃんのテントにいたのは、アン、アンリ、ち、ちゃん、だ、だけじゃ、じゃ、ないだろう？」

言われて、ハッとした。みんなも気づいたみたいで、視線《しせん》がアンリちゃんのうしろに隠《かく》れている、小さな女の子に集中する。

姉ちゃんが、やさしい声で言った。

「『タヌ助《すけ》』を逃《に》がしたのは、君だね——カンナちゃん」

カンナちゃんの体がビクッとふるえる。カンナちゃんは少しにらむような目でこちらを見てから、やがてがまんできなくなったように、うわーんと大きな声で泣《な》きだした。

■事件《じけん》の真相

――タヌ助《すけ》を逃《に》がした犯人《はんにん》は、カンナちゃんだった。

泣《な》きじゃくるカンナちゃんをみんなでなぐさめつつ、何とか話を聞き出したところによると、カンナちゃんは捕《つか》まったタヌ助《すけ》がかわいそうになってしまったらしい。それで昨日散歩《きのうさんぽ》中に見つけた近道で先回りして、逃《に》がしてしまったそうだ。

「でも……タヌ助《すけ》を見つけたときは、カンナも飼《か》うのを楽しみにしてたよね？」

カンナちゃんの頭をなでながら、アンリちゃんが不思議《ふしぎ》そうにきく。

「どうして、急に気が変《か》わっちゃったの？」

「そうだよ。それに逃《に》がす前に一言相談してくれれば、芽衣《めい》たちだって考え直したのに……」

続《つづ》けて芽衣《めい》ちゃんが言うと、アバター姉ちゃんはクスクス笑《わら》って、

「そりゃあ、無理《むり》な話さ」

「どうして？」

「だってお前ら、タヌ助《すけ》を見つけたとき、かなり物騒《ぶっそう》な話をしていただろ。やれ、はく製《せい》にするだの、タヌキ汁《じる》にするだの、けっこう高く売れるだの——カンナちゃんはそれを聞いているうちに、だんだん怖《こわ》くなっちゃったんだ。こんな恐《おそ》ろしい人たちに捕《つか》まったら、タヌ助《すけ》がどんなひどい目にあわされるかわからない、ってな」

ええ、冗談《じょうだん》だったのに……と、芽衣《めい》ちゃんが傷《きず》ついた顔をし、アンリちゃんがプッとふきだす。

「まあ……タヌ助《すけ》を飼《か》うっていうのは、あまり良《よ》くない考えだったかもね」

少し反省《はんせい》したように、栗栖《くりす》くん。

「野生の生き物は、野生で生きるのがいちばんだろうし」

「つまり……ゴク……カンナちゃんが、いちばん正しい選択《せんたく》をしたってわけか」

熊野《くまの》くんもドリンクを飲みながら、感心したようにうなずく。

「カンナちゃん。芽衣《めい》たち、ぜんぜん怒《おこ》ってないからね」

芽衣《めい》ちゃんがしゃがんで話しかけると、カンナちゃんはささっとカニみたいにアンリちゃんの背中《せなか》に隠《かく》れてから、顔だけ出して小さくこくんとうなずいた。芽衣《めい》ちゃんとアンリちゃんが目を合わせて、苦笑《にがわら》いする。

「あっ——あれってもしかして、タヌ助《すけ》じゃね？」

すると突然《とつぜん》ソータがさけんで、どこかを指さした。つられて見ると、少し離《はな》れた森の高い場所に、五匹《ひき》のタヌキの親子連《おやこづ》れがいた。家族そろって同じ顔で、オレたちをじっと観察《かんさつ》するように黙《だま》って見つめている。

その子ダヌキの一匹《ぴき》が、カンナちゃんのほうに向かって、小さく頭を縦《たて》に動かした。

「バイバイ」

カンナちゃんが、うれしそうに手を振《ふ》った。


昼ごろ、お父さんが車で迎《むか》えにきた。オレたちはしぶしぶアンリちゃんたちとさよならをして（みんなで「ウェーイ！」とクラクションを鳴らして送り出してくれた）、未練《みれん》たらたら、一足早く「阿名葉野《あなばの》キャンプ場」を出発する。

ちなみにコモリポイントの特典《とくてん》は、姉ちゃんが大量《たいりょう》に持ってきたお菓子《かし》やジュースとポイント分交換《こうかん》できる、というものだった（熊野《くまの》くんがもっとがんばればよかったと後悔《こうかい》していた）。ポイントでゲットしたチョコバーをかじりながら、帰りの車の中でソータは爆睡《ばくすい》。

オレもジュースを飲みながらウトウトしつつ、同じ後部席《こうぶせき》のとなりに座《すわ》っている姉ちゃんの肩《かた》に寄《よ》りかかる。

「……最後《さいご》、みんな仲直《なかなお》りしたみたいで、よかったな」

姉ちゃんがぼそっと言うのが聞こえて、うん、とオレはあいづちを打った。

「アンリちゃん、そんなに根に持たないタイプだから……ところで、姉ちゃん」

「なんだ、マモル？」

「姉ちゃんはもしかして……わかってた？」

「何を？」

「犯人《はんにん》。オレたちが、計算する前から」

「うん？　ああ……まあな」

姉ちゃんは少し車の窓《まど》を開けて、

「芽衣《めい》ちゃん、言ってただろ。自分が到着《とうちゃく》したときには、アンリちゃんしかいなかったって。

でも、マモルたちがあとから到着《とうちゃく》したときには、カンナちゃんもいた。つまりカンナちゃんは、アンリちゃんに少し遅《おく》れて姿《すがた》を現《あらわ》したんだ。

けれどもし、カンナちゃんがアンナちゃんと同じ道をあとからついてきたなら、道に落ちていた帽子《ぼうし》を拾わなかったのは不自然《ふしぜん》だ。マモルだって、アタシのジャージが道に落ちてたら拾ってくれるだろ？　だから、カンナちゃんはアンリちゃんとは別《べつ》の道を通ってきたんじゃないか——というのが、最初《さいしょ》の推理《すいり》。

それで、〈カンナちゃんがアンリちゃんより先回りしてタヌ助《すけ》を逃《に》がし、みんなが来るまで森に隠《かく》れていたのでは〉という仮説《かせつ》をまずは立てたんだ。けれどこの仮説《かせつ》は、その肝心《かんじん》の〈先回りルート〉が見つからなきゃ、成立《せいりつ》しないからな。それにほかに先回りできるやつがいれば、そいつも犯人候補《はんにんこうほ》になるし。だからどのみち、全員の〈最短《さいたん》ルート〉を見つけるために、ダイクストラ法《ほう》の計算は必要《ひつよう》だった、ってわけ」

やっぱりな、と思った。だって姉ちゃん、アンリちゃんのテントがいちばん近いってわかっても、ぜんぜん驚《おどろ》いてなかったから。

ちなみにアンリちゃんは、てっきりカンナちゃんはうしろをついてきているものと思いこんでいたらしい。タヌ助《すけ》のことが心配で、帽子《ぼうし》を落としたのも気づかないくらい急いでいたみたいだから、それはしかたない（あとどうでもいいけど、もし姉ちゃんのジャージが道に落ちていても、きたないし恥《は》ずかしいのでたぶん拾わない）。

「オレ……姉ちゃんがオレたちにあんな面倒《めんどう》くさい計算させたわけ、わかったよ」

「ほう？」

「アンリちゃんたちを、仲直《なかなお》りさせたかったんでしょ？　頭をいっぱい使えば、ケンカのことなんて忘《わす》れちゃうから」

「それは、考えすぎ」

姉ちゃんはアハハと笑《わら》って、

「アタシはただ、お前らにちゃんとした手順《てじゅん》を教えたかっただけさ。お前らが仲直《なかなお》りできたのは、もともとウマが合ったんだろ」

お勉強はお勉強さ——と、姉ちゃんは外の景色《けしき》を見ながら言って、

「けどよ、マモル。ああやってみんなといっしょに考えるのも、謎解《なぞと》きゲームみたいでおもしろかっただろ？」

「うん、まあ……でも、今日覚《おぼ》えたこと、たぶん明日には忘《わす》れちゃうよ？」

「いいんだよ、それで」

姉ちゃんが車の窓《まど》をさらに開ける。

「だいじなのは、世の中にはああいう考え方があるってことを、マモルが知っていることだ。知っていれば最初《さいしょ》のアンリちゃんたちみたいな不毛《ふもう》な言《い》い争《あらそ》いは避《さ》けられるし、今回知

った考え方がマモルの脳《のう》を無意識《むいしき》に進化させて、いつか別《べつ》のところで役に立つかもしれない。新しいアイディアを生み出すとかな。マモルは今日、自分にはなかった知識《ちしき》に触《ふ》れて、一つレベルアップしたんだ」

「オレ……レベルアップした？」

「おう。コモリポイント千点ゲットだ」

本当かな、と思ったけど、そう言われるとちょっと得《とく》した気分だった。それに姉ちゃんの言う通り、みんなといっしょに頭を使って一つのことを考えるのは、みんなといっしょに体を動かすくらい、楽しい。

もう少し話をしたかったけど、まぶたがだんだん重くなってきた。姉ちゃんのアルゴリズムの話はすごく頭を使うから、聞いたあとはとても眠《ねむ》くなる。

眠《ねむ》っちゃう前にこれだけはきいておこうと思って、がんばって口を動かした。

「あのね、姉ちゃん……」

「なんだ、マモル？」

「姉ちゃんは……今回のキャンプ……ちゃんと、楽しんだ？」

姉ちゃんがこちらを向く。オレのおでこあたりをじっと見つめると、ヒヒッとサルみたいに笑《わら》って、ぐりんぐりんオレの頭をなで回した。

「ああ。めちゃくちゃ楽しんだぜ、マモル」

オレはにんまり笑《わら》って、目を閉《と》じた。

近道を見つけよう！

第三話に出てきた「ダイクストラ・アルゴリズム」は、たくさんのルートがあるときに、どれがいちばん早く目的地《もくてきち》に着けるかを見つけるアルゴリズムだ。

ダイクストラ・アルゴリズムはわたしたちの生活にとても役立っている。代表的《だいひょうてき》なものは、カーナビゲーションシステム（カーナビ）だ。左ページのような方法《ほうほう》で、行き先までの最短《さいたん》ルートを導《みちび》きだしている。

ほかにも、荷物の配達《はいたつ》で、すべての配達先《はいたつさき》を効率《こうりつ》よく回るルートを見つけるのにも使われているよ。

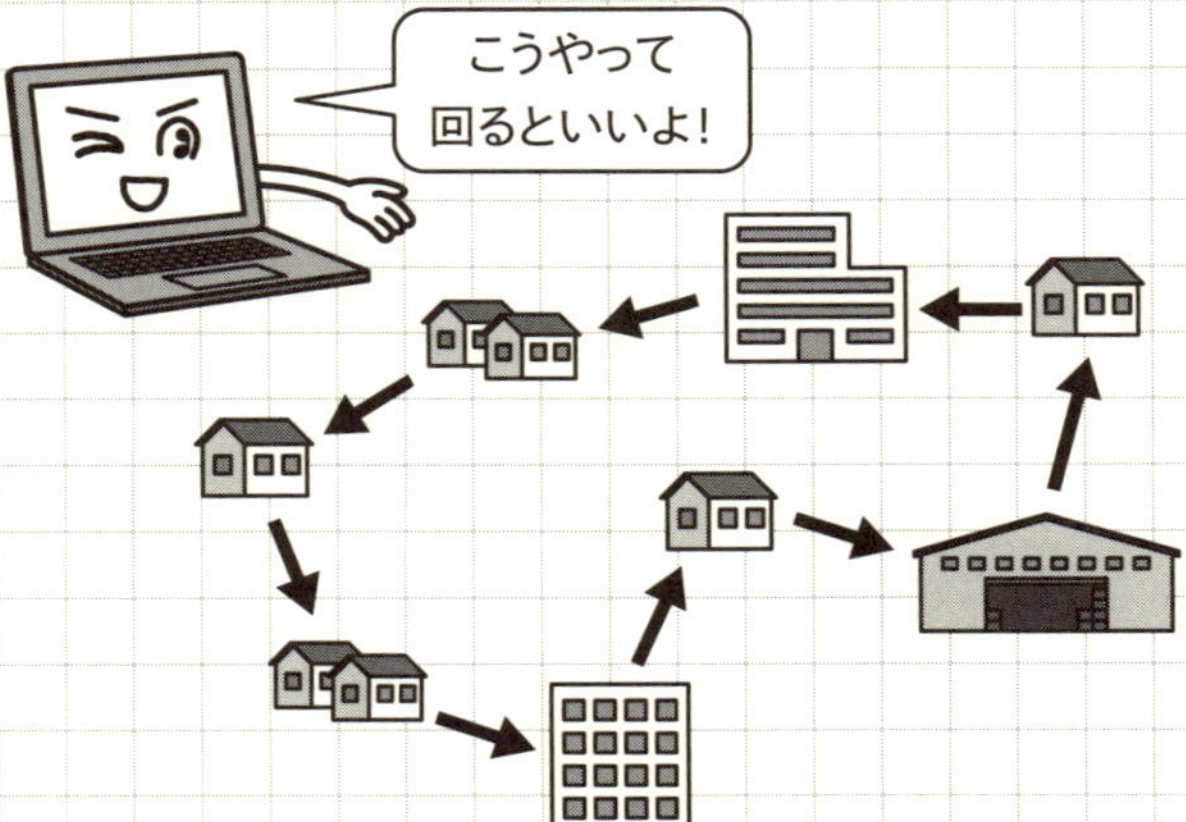

カーナビが最短《さいたん》ルートを選《えら》ぶ方法《ほうほう》は？

すべての道に走りやすさに応《おう》じた点数をつける。
走りやすい道には低《ひく》い点数、走《はし》りにくい道には高《たか》い点数だ。

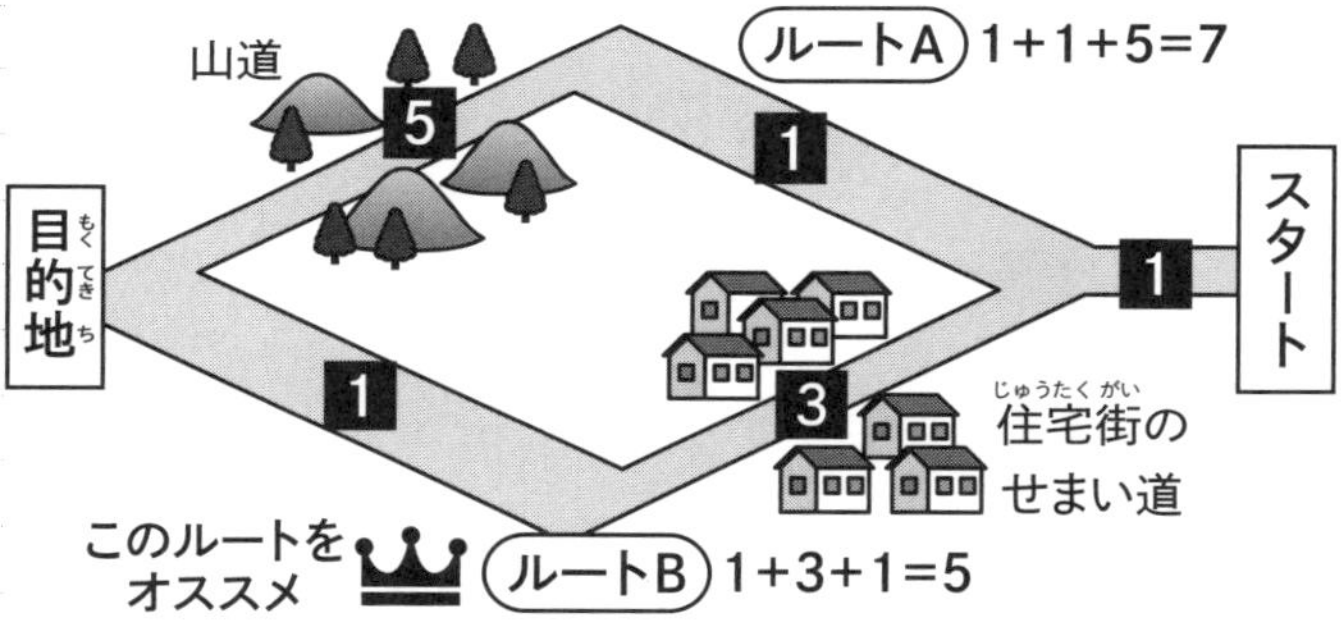

リアルタイムで渋滞《じゅうたい》や事故《じこ》の情報《じょうほう》を手に入れて、点数に反映《はんえい》させる。

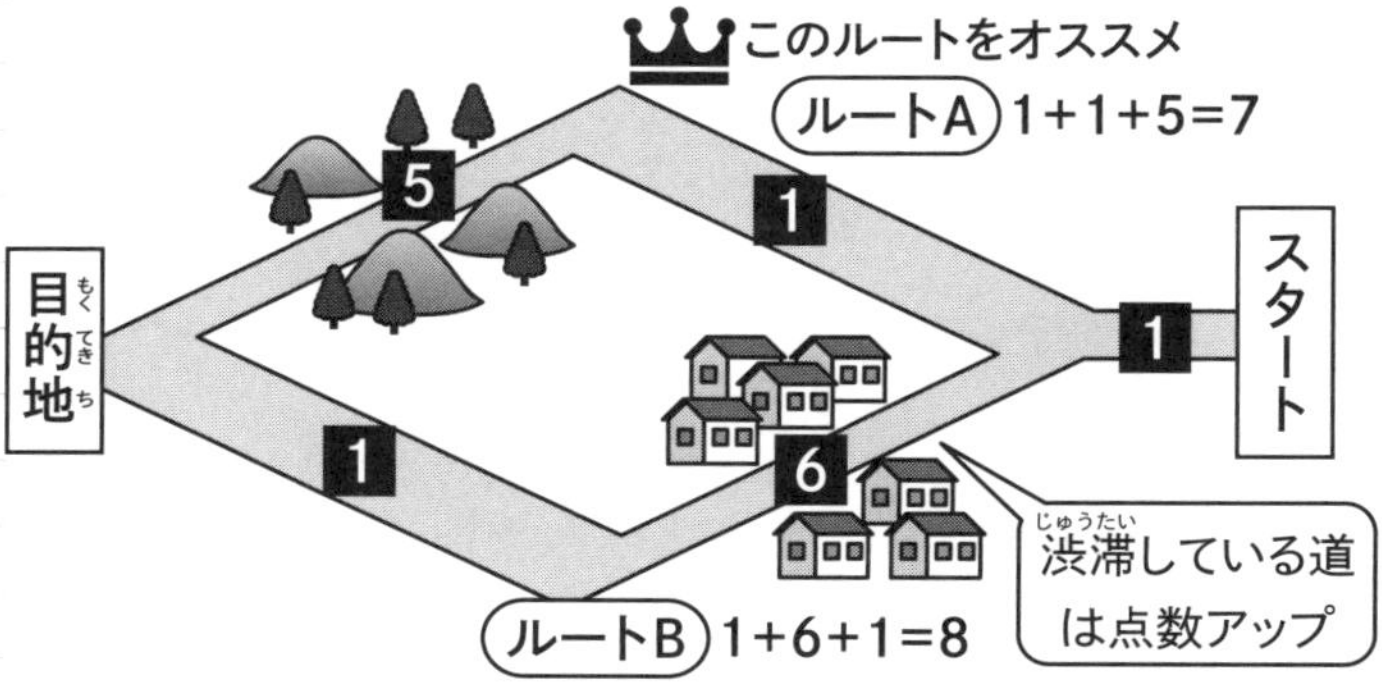

目的地《もくてきち》までの点数を足《た》して、いちばん点数の低《ひく》くなる
ルートをオススメする。

開《あ》かずの部屋、再《ふたた》び

久々《ひさびさ》に、「開《あ》かずの部屋」が閉《し》まってしまった。

姉ちゃんの調子には波がある。いいときはリビングで一晩中《ひとばんじゅう》ゲームするくらい元気だけど、悪いときは冬眠《とうみん》する虫みたいにずっと部屋に引きこもってしまう。このところ、姉ちゃんにしてはいっぱい外に出たりたくさん人に会ったりしてたから、ちょっとその反動がきちゃったみたい。

姉ちゃんはいったん引きこもると、生きているのか死んでいるのかわからないくらい静《しず》かになるので、少し不安《ふあん》になる。「生存確認《せいぞんかくにん》」の方法《ほうほう》は、ちゃんとごはんを食べてるかどうかだけ。今朝、ごはんのお盆《ぼん》を渡《わた》しに二階に行ったら、昨日《きのう》の夜置《お》いといた夕ごはんのカレーがしっかり空《から》になっていたので、ちょっとホッとする。

お盆《ぼん》を取《と》りかえようとして、紙が載《の》っていたことに気づいた。

「クエスト依頼《いらい》
内容《ないよう》：図書館の本の配達《はいたつ》
期限《きげん》：できたら今日中
報酬《ほうしゅう》：いつもの額《がく》　ただし今日中なら二割増《わりま》し

借《か》りてきてほしい本のタイトルは――（※以下《いか》、本の題名が並《なら》ぶ）」

姉ちゃんの「クエスト依頼書《いらいしょ》」だ。これまた久《ひさ》しぶり。姉ちゃんが依頼《いらい》してくるのは元気が出てきた証拠《しょうこ》だし、オレも「報酬《ほうしゅう》」がもらえるしで、いいことずくめ。

オレはうれしい気分になって、了解《りょうかい》の合図にドアをコンコンコンと三回ノックしてから、ダッシュで階段《かいだん》を降《お》りる。

超特急《ちょうとっきゅう》で自分の朝ごはんをすませて、図書館に向かった。今日は日曜なので、学校はなし。大人の人たちに交《ま》じって本棚《ほんだな》を行き来していると、ふとだれかに声を掛《か》けられた。

「あれ、綿引《わたひき》くん……？」

サナちゃんだ。オレと同じく、手に何冊《なんさつ》も本をかかえている。自習しにきたのかな、とオレがなにげなく本に目を向けると、サナちゃんは恥《は》ずかしそうにさっと表紙を手で隠《かく》した。

「……見た？」

あれ？　今のってもしかして、参考書《さんこうしょ》じゃなくて……。

「マンガ？」

「うん……。あのね。サナね、本当はマンガ家になりたいの……」

二度びっくり。話をよく聞くと、どうやらサナちゃんは姉ちゃんの「人生は一本道じゃない」という言葉に刺激《しげき》されて、勉強以外《いがい》にもいろいろやりたいことを試《ため》してみることにしたらしい（ちなみにサナちゃんはあの王道塾《じゅく》の襟糸《えりいと》先生とはちがって、本当に絵がうまい）。

「あっ、いたいた。おうい、マモルー！」

「あれっ、ソータまで……それにみんなも？」

サナちゃんと話していると、ソータとねねちゃん、キレイやアンリちゃんまで現《あらわ》れた。ソータの声はサナちゃんとちがって大きかったので、近くにいたおじいさんにじろりとにらまれて、オレたちはあわてて入り口近くのおしゃべりができるスペースに移動《いどう》する。

ソータがしかめ面《つら》で言った。

「あのさあ、マモル。どうしてメッセージを返さないいんだよ、何度も連絡《れんらく》したんだぜ？」

「あっ、ごめん。スマホ、家に忘《わす》れてきた。姉ちゃんの『クエスト依頼《いらい》』に気を取られて……」

「『クエスト依頼《いらい》』？」

「姉ちゃんのお使い。ときどき、頼《たの》まれるんだ。ちゃんと報酬《ほうしゅう》ももらえる」

「へえ、いいなあ。ゲームみたい」

ねねちゃんがソータのうしろから顔を出す。ソータの説明《せつめい》によると、ねねちゃんが新しいゲームを買ったので、みんなで遊ぼうという話になったらしい。それで連絡《れんらく》を取り合っていたら、オレやサナちゃんが図書館にいるとわかったので（オレの家に直接《ちょくせつ》電話して聞いたみたい）、いったんここに集合ということになったそうだ。

せっかくなので本を借《か》りよう、とねねちゃんが言いだし、いったんみんなバラバラになる。真っ先にスポーツ関係《かんけい》のコーナーに向かうソータに、ねねちゃんはいそいそとついていった。前は気づかなかったけど、ねねちゃんはだれにでも同じようにふるまっているように見えて、さりげなくソータのそばにいることが多い。そういうねねちゃんの「本心」を知れたのも、姉ちゃんの「アルゴリズム」のおかげだな、と思いつつ、オレは少し大人になった気持ちで二人のうしろ姿《すがた》を見送る。

「マモルくんって、本を見つけるの、すごく早いね！」

気を取り直して本を探《さが》していると、いつの間にかとなりに来たアンリちゃんが、感心したように言った。

「あ、うん……これ、姉ちゃんの『アルゴリズム』を使ってるから……」

「アルゴリズム……って、前のキャンプのときみたいな？」

「うん。あのときのとは、ちょっと種類《しゅるい》がちがうけど」

姉ちゃんが前に教えてくれた「バイナリ・サーチ」のアルゴリズムは、アイウエオ順《じゅん》に並《なら》んだ本を探《さが》すときなんかに、けっこう使えた（みんなもやってみるといいよ）。姉ちゃんのアルゴリズムは理解《りかい》するのはたいへんだけど、一度わかるとみんなが知らない魔法《まほう》を自分だけ使えるみたいで、ちょっといい気分。

「あ！　私《わたし》、このクイズ本借《か》りようかな」

「アンリちゃんが、クイズ本？」。少し驚《おどろ》くオレ。

「うん。この前のキャンプから、ちょっと頭を使うのにもハマっちゃって……マモルくんのお姉さんみたいに、頭がいいのもあこがれるし」

へえ、とオレは目をぱちくりさせる。ふだんの生活を見てたら、絶対《ぜったい》に「あこがれ」はしないと思うけど。

すると今度はうしろから、サナちゃんとキレイの会話が聞こえた。

「あれえ……？　キレイくん、図書館の中に入ってだいじょうぶなの？」

「は、はい……」

オレはぎょっとして振《ふ》り返《かえ》る。——え、キレイが中に？

潔癖症《けっぺきしょう》のキレイは、実は図書館が大の苦手。たくさんの知らない人がさわった本に囲《かこ》まれていると想像《そうぞう》しただけで、じんましんが出てくるんだって。

だからてっきり入り口で待っていると思ったけど、その日のキレイはちがったみたい。キレイはまるでお化け屋敷《やしき》の中でも歩くようにへっぴり腰《ごし》になりながらも、ハンカチで汗《あせ》をふきふき、答える。

「なんだか、今日は行けるような気が……ボク、マモルくんのお姉さんの部屋に入ったおかげで、少し『耐性《たいせい》』がついたみたいです」

へえ。これも、姉ちゃんのおかげ……かな？


図書館のあとは、みんなでねねちゃんちに行って、たくさんゲームをした。満足《まんぞく》した帰り道、お使いついでにスーパーの駄菓子《だがし》コーナーでおみやげの「あんずボー」を買って（姉ちゃんはこれが好《す》き）、家に帰る。

本とおみやげを持って、二階に上がる。すると待ってましたとばかり、ジャージ姿《すがた》の姉ちゃんが「開かずの部屋」から飛《と》び出《だ》してきた。

「おー、久《ひさ》しぶり！　元気に暮《く》らしてたか、マモルー！」

まるで何年も会っていない家族みたいなあいさつをして、わしゃわしゃとオレの頭をなでる。

「本、ありがとなー。おっ！　あんずボーまである。マモルは気が利《き》くなあ」

さっそくあんずボーを一本、袋《ふくろ》から取り出し、じゅるじゅるおいしそうに食べ始める（オレはあんずボーは凍《こお》らせて食べる派《は》だけど、姉ちゃんはどっちの食べ方もする）。

べたべた手と口のまわりを汚《よご》しながらあんずボーをむさぼる姉ちゃんをじっと見ていると、「うん？」と姉ちゃんの片眉《かたまゆ》があがった。

「なんだよ、マモル。そんなにじろじろ見て……アタシの顔がどうかしたか？」

「ううん……別《べつ》に」

姉ちゃんは引きこもりで、人嫌《ひとぎら》いで、ふつうに会話もできなくて、風呂《ふろ》にもろくに入らないくせに……なんで、いろいろ解決《かいけつ》できるんだろう？

それが、アルゴリズムの力？　世の中のどんな問題も、「ちゃんとした手順《てじゅん》」で考えれば、解決《かいけつ》できるってこと？

「あっ、そうか。報酬報酬《ほうしゅうほうしゅう》」

オレの視線《しせん》を勘違《かんちが》いして、姉ちゃんが思い出したように部屋に入っていった。オレの好《す》きなアニメのキャラクターのシールを貼《は》った封筒《ふうとう》を手に、戻《もど》ってくる。

「ほい、報酬《ほうしゅう》の配達代《はいたつだい》。あんずボーの分、さらにサービスで上乗せしておいたぜ」

わあい、と頭から余計《よけい》な考えが吹《ふ》き飛《と》んだ。これで欲《ほ》しかったゲームが買える。まあ、細かいことはどうでもいいか。とにかく、姉ちゃんが明るく元気でいてさえくれれば、オレは満足《まんぞく》。

封筒《ふうとう》を受け取ろうとして、近寄《ちかよ》る。けどそのとき、姉ちゃんからぷうんとカブトムシみたいなにおいがただよってきて、うっと思わず顔をしかめる。

姉ちゃんの「アルゴリズム」はすごいし、引きこもりもぜんぜんかまわないけど……やっぱり風呂《ふろ》は、毎日入ってほしい。

手順《てじゅん》① スタートを0にする

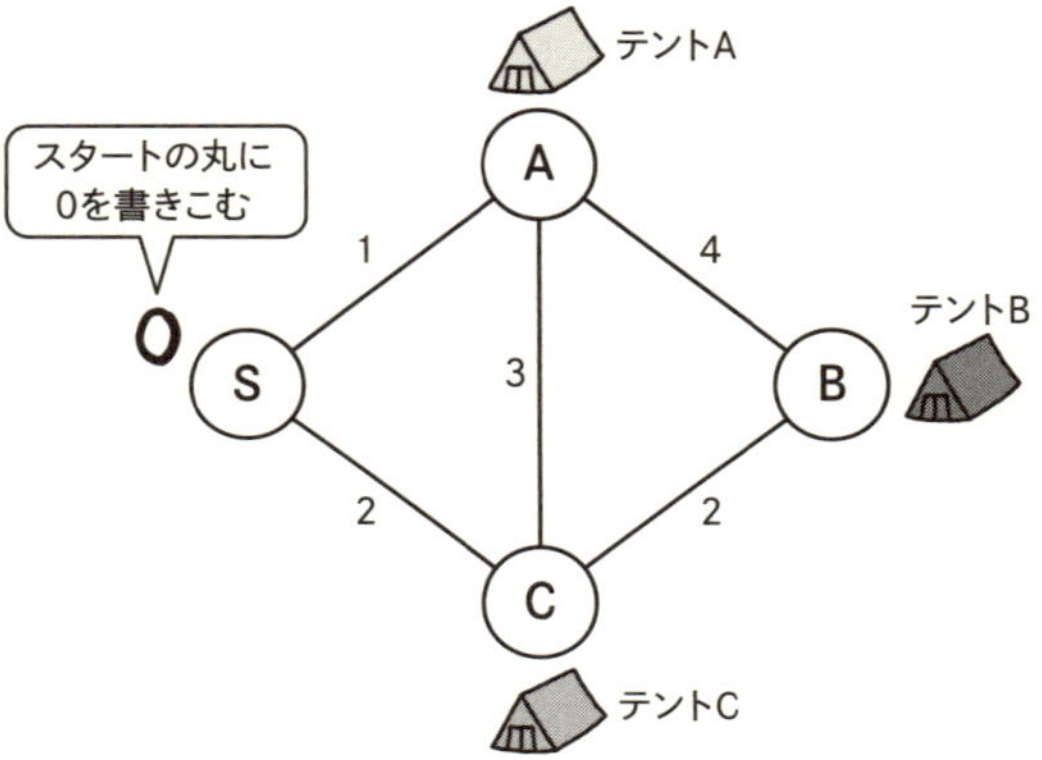

手順《てじゅん》② 数字がいちばん小さい丸に、マークをつける

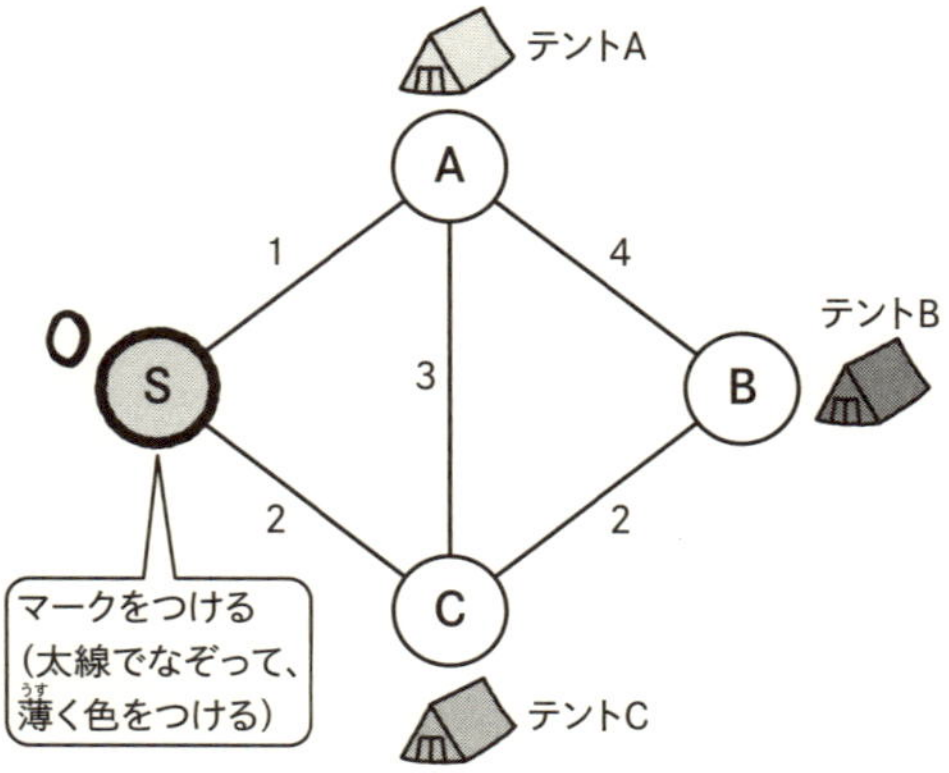

手順《てじゅん》③ **今マークした丸から行ける丸に、マークした丸の数字と、線の数字を足した数を書きこむ**

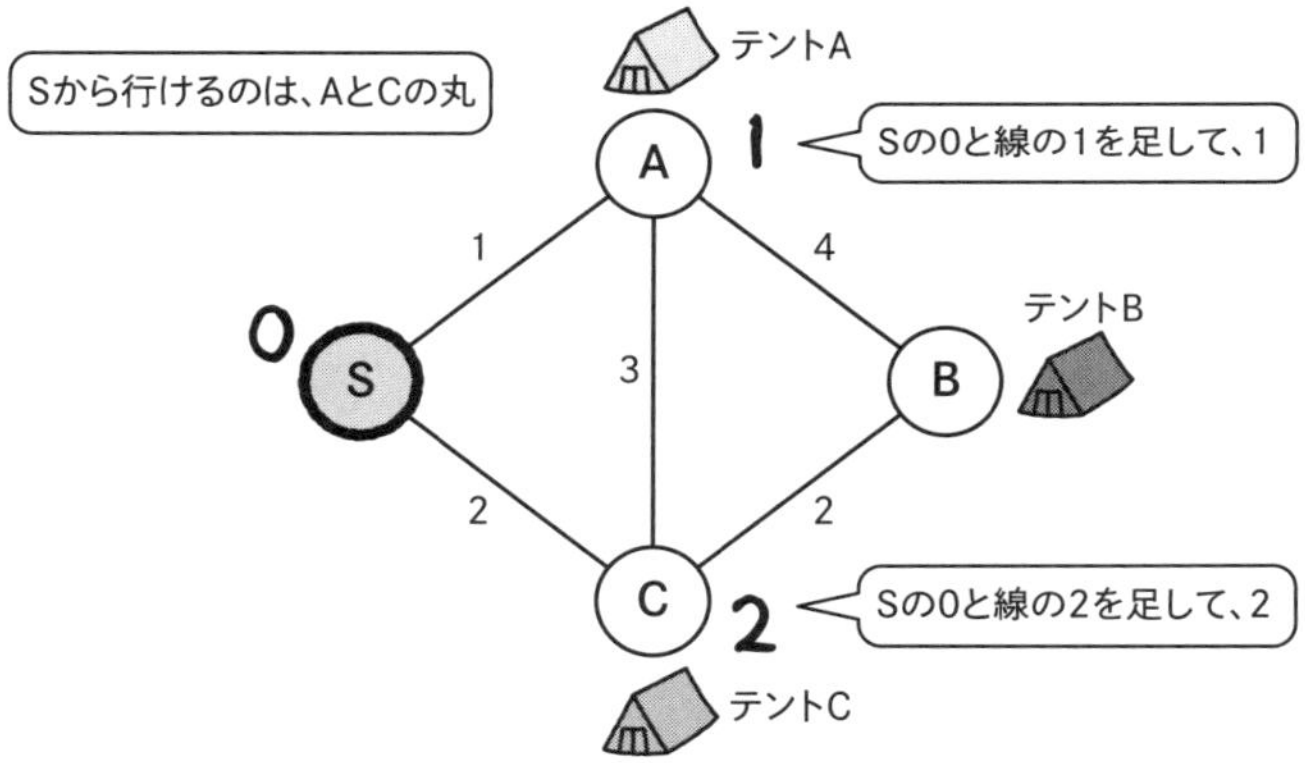

手順《てじゅん》④ **すべての丸がマークされるまで、②～④の手順を繰《く》り返《かえ》す**

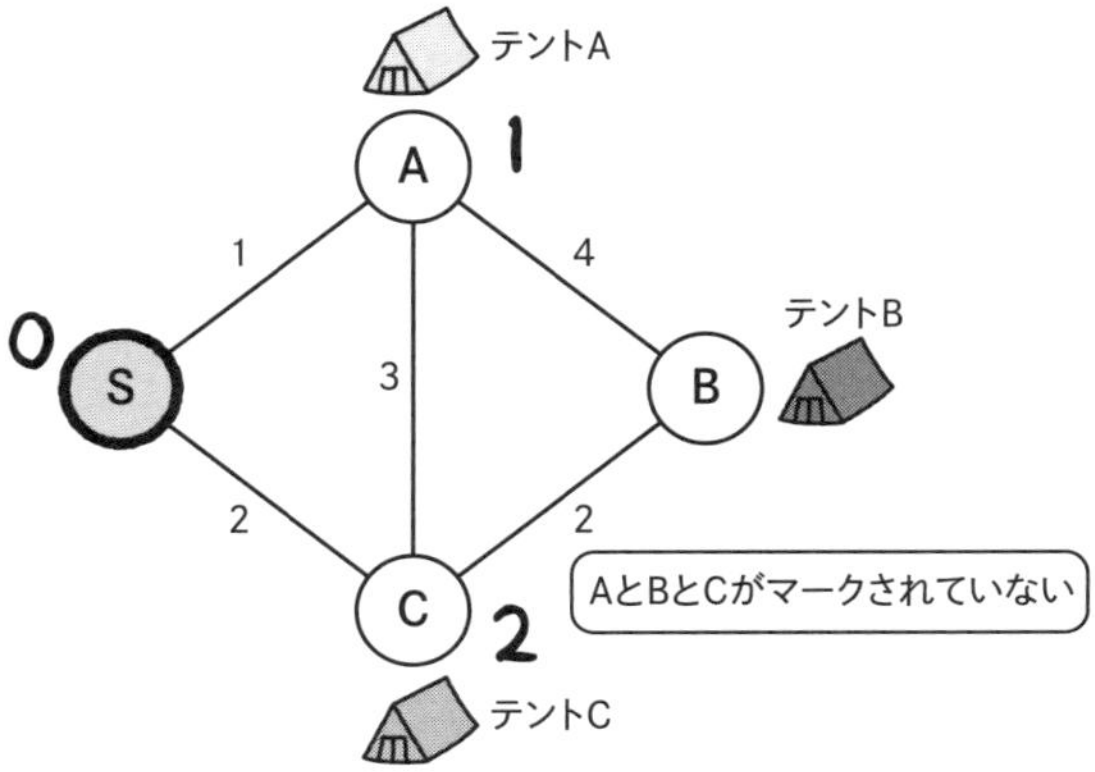

※A、B、Cがまだマークされていないので、二周目《しゅうめ》の手順《てじゅん》②～④へ

二周目《しゅうめ》の手順《てじゅん》② マークされていない丸で、
数字がいちばん小さい丸に、マークをつける

注意1）すでにマーク済《ず》みの丸は無視《むし》する

二周目《しゅうめ》からは、まだマークされていない丸の中から探《さが》す（いちばん数字が小さいのはSの0だが、すでマーク済《ず》みなので無視《むし》、次に数字が小さいAをマークする）

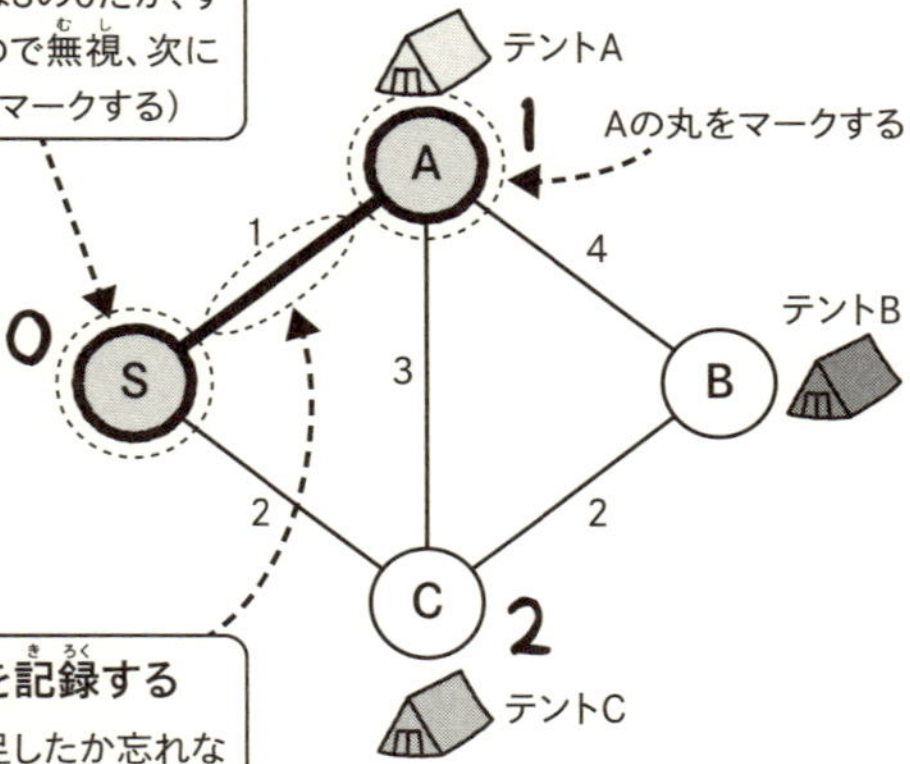

注意2）ルートを記録《きろく》する

どの線の数字を足したか忘れないよう、計算に使った線を記録《きろく》（Aの1はS→Aの線の数字を足して計算したものなので、この線を太線でなぞる。これがSからの最短《さいたん》ルートとなる）

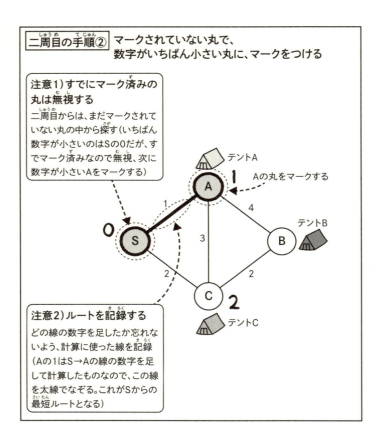

二周《しゅう》目《め》の手順《てじゅん》③ 今マークした丸から行ける丸に、マークした丸の数字と、線の数字を足した数を書きこむ

注意1）すでにマーク済《ず》みの丸は無視《むし》する

Aから行ける丸で、すでにマークされているSは無視《むし》。BとCの丸だけ計算する

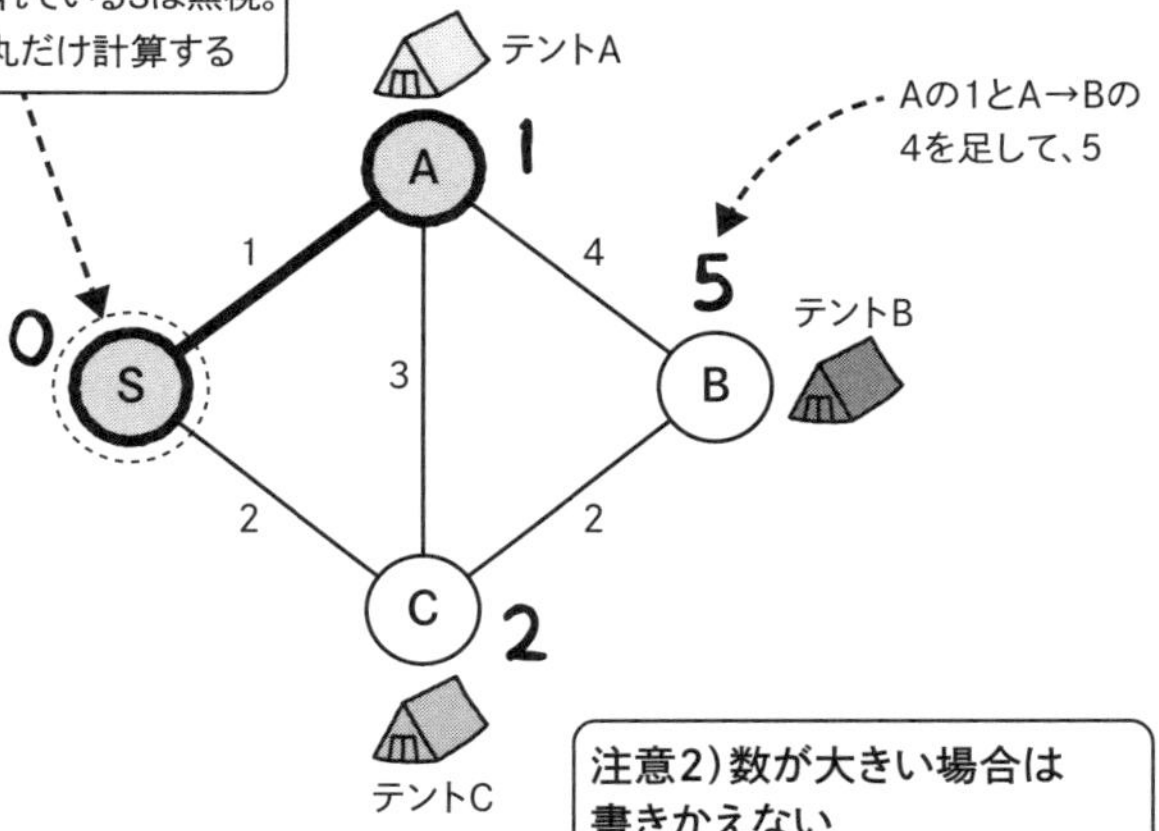

注意2）数が大きい場合は書きかえない

計算した数が書きこんである数より大きかった場合、数字はそのまま（CはAの1とA→Cの3を足して4となるが、すでに書きこんである2より大きいため、そのまま）

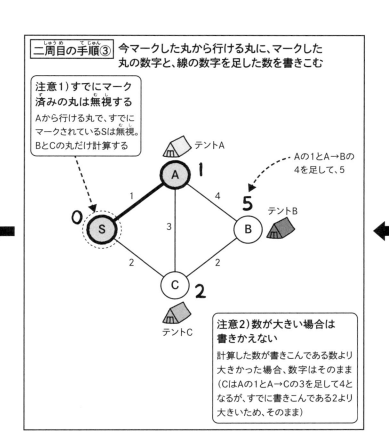

二周目《しゅうめ》の手順《てじゅん》④ すべての丸がマークされるまで、②～④の手順《てじゅん》を繰《く》り返《かえ》す

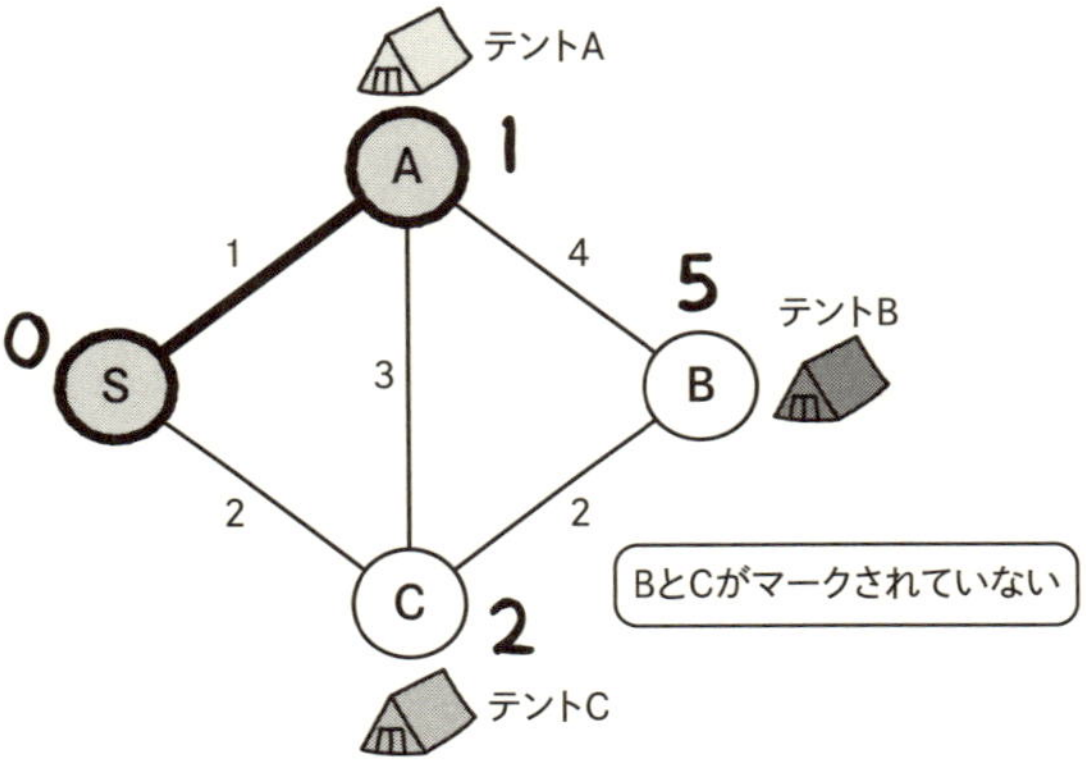

※B、Cがまだマークされていないので、三周目《しゅうめ》の手順《てじゅん》②～④へ

三周目《しゅうめ》の手順《てじゅん》② マークされていない丸で、数字がいちばん小さい丸に、マークをつける

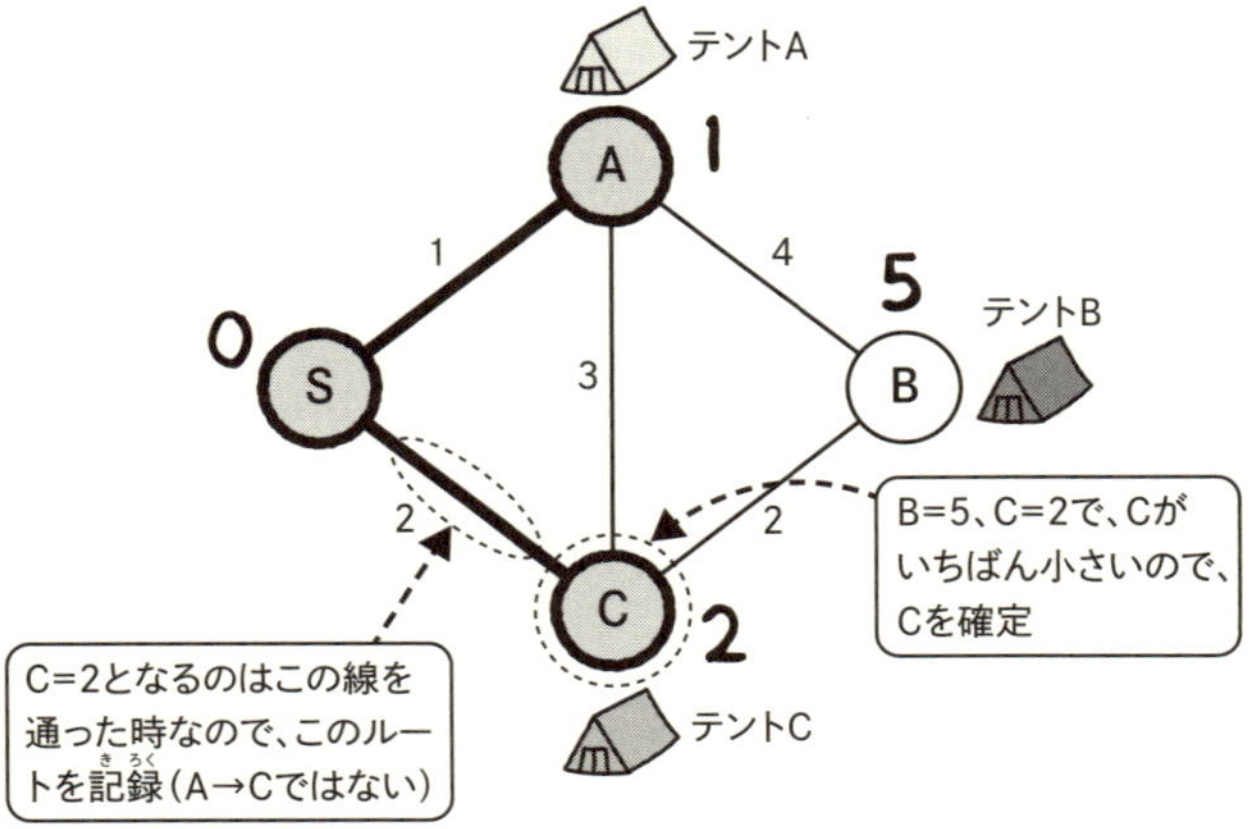

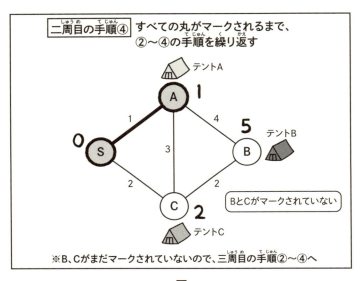

三周目《しゅうめ》の手順《てじゅん》③ 今マークした丸から行ける丸に、マークした丸の数字と、線の数字を足した数を書きこむ

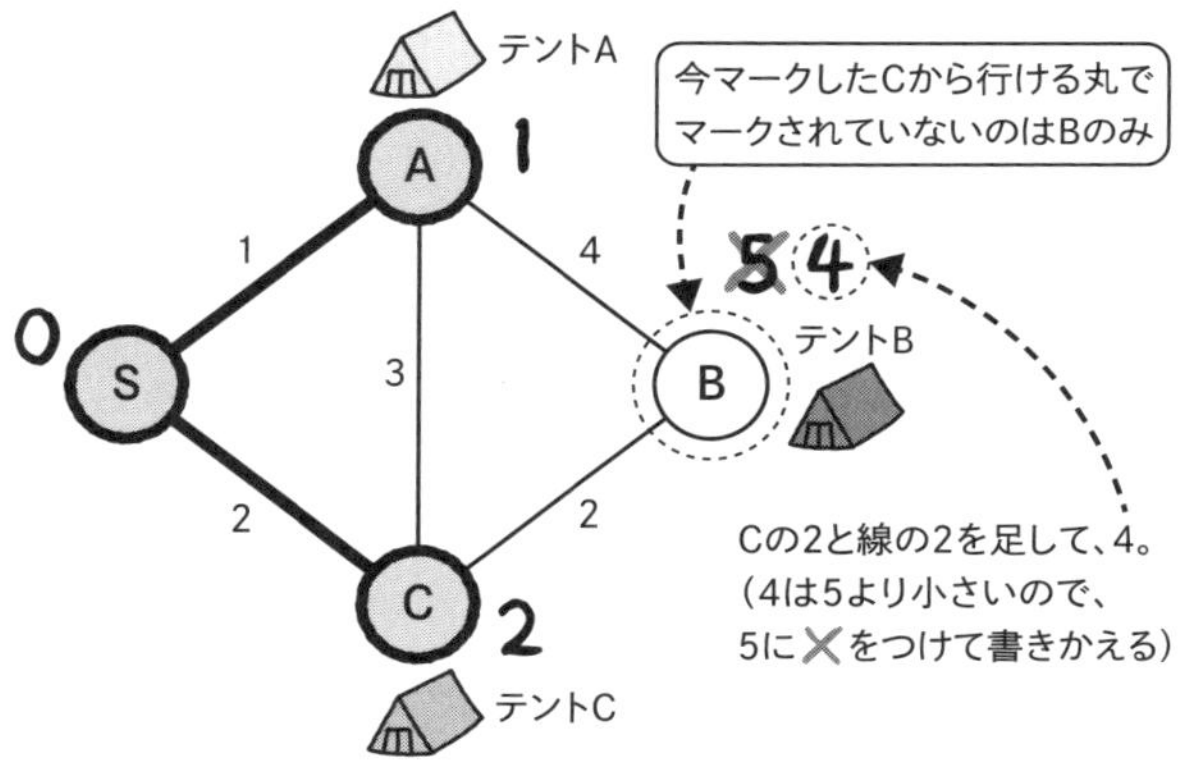

三周目《しゅうめ》の手順《てじゅん》④ すべての丸がマークされるまで、②〜④の手順《てじゅん》を繰《く》り返《かえ》す

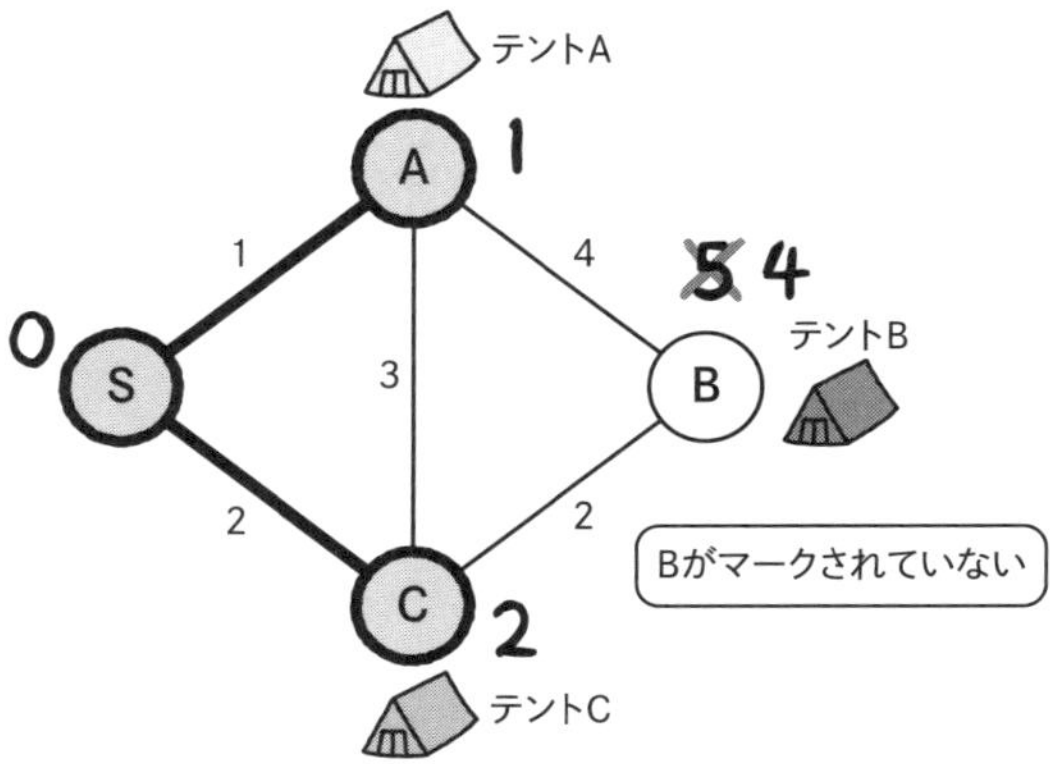

※Bがまだマークされていないので、四周目《しゅうめ》の手順《てじゅん》②〜④へ

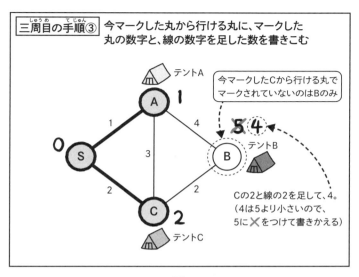

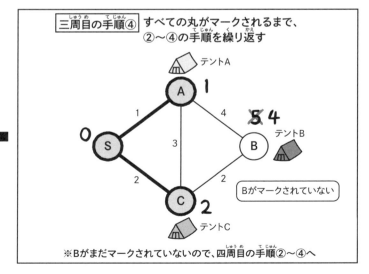

四周目《しゅうめ》の手順《てじゅん》② マークされていない丸で、数字がいちばん小さい丸に、マークをつける

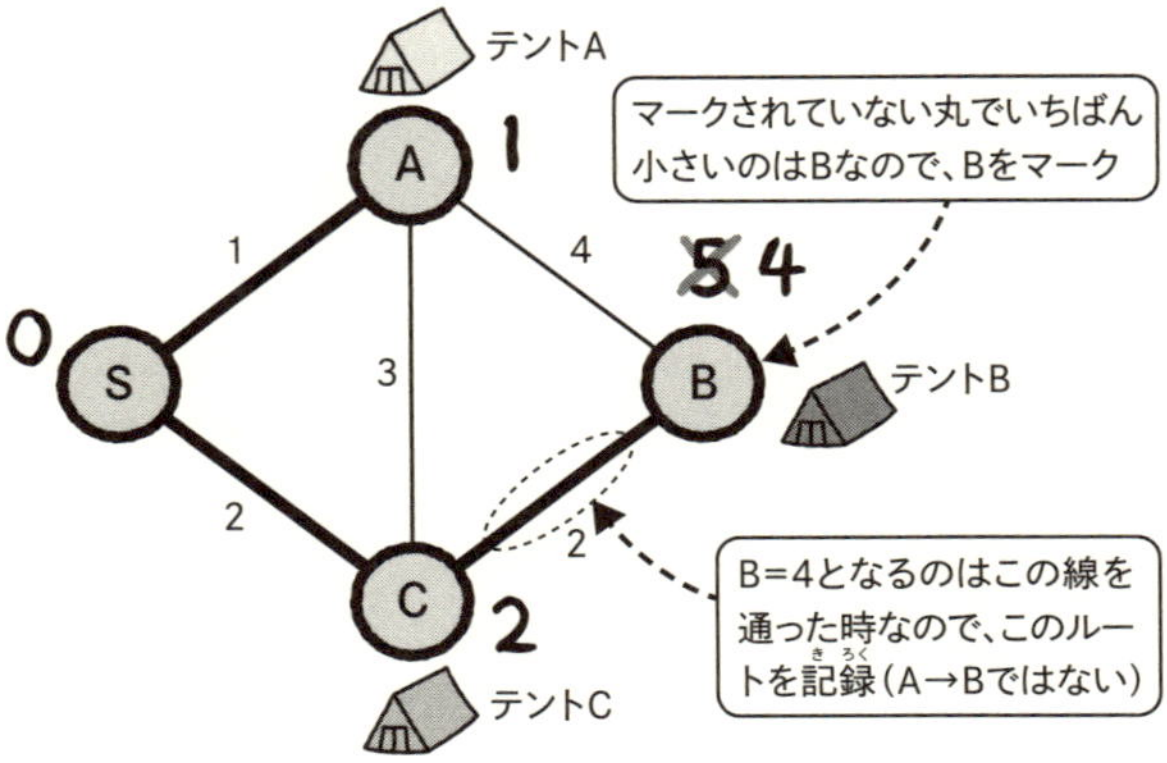

四周目《しゅうめ》の手順《てじゅん》③ 今マークした丸から行ける丸に、マークした丸の数字と、線の数字を足した数を書きこむ

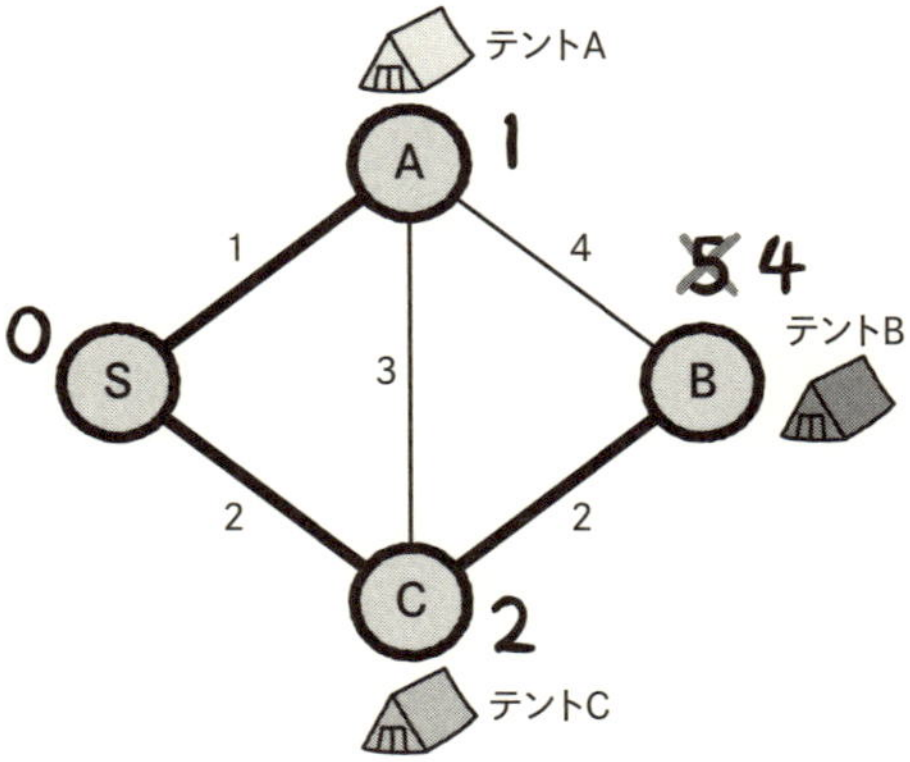

※すべての丸がマークされ、Bから行ける丸はもうないので、そのまま

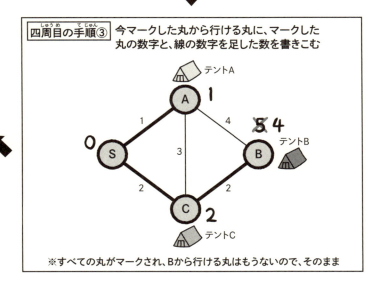

四周《しゅう》目《め》の手順《てじゅん》④ すべての丸がマークされるまで、
②～④の手順《てじゅん》を繰《く》り返《かえ》す

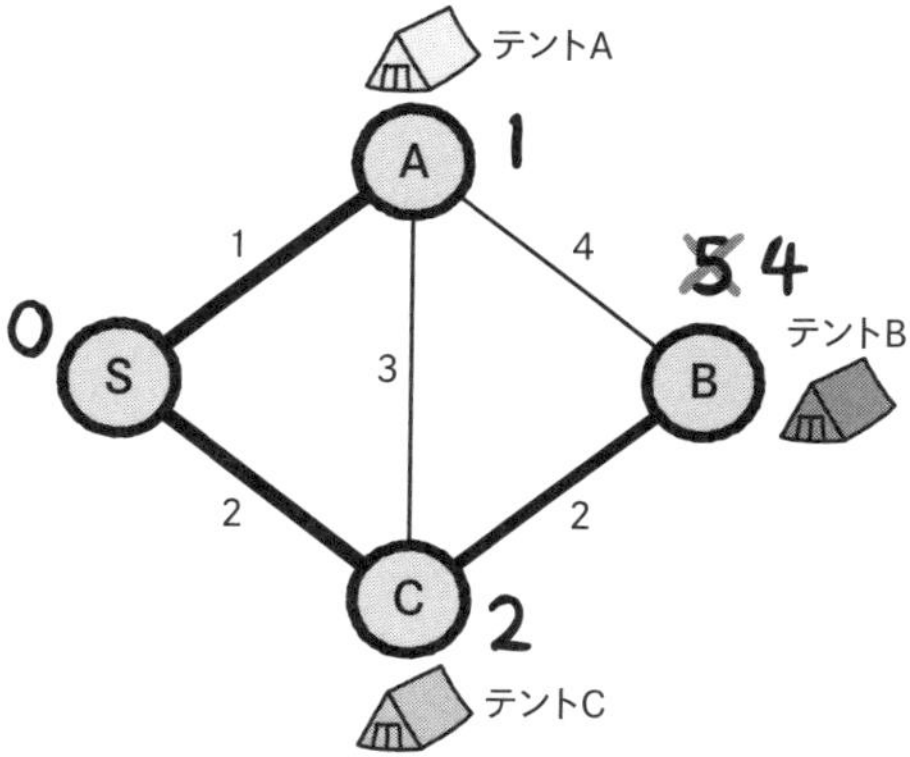

※すべての丸がマークされたので、終了《しゅうりょう》！

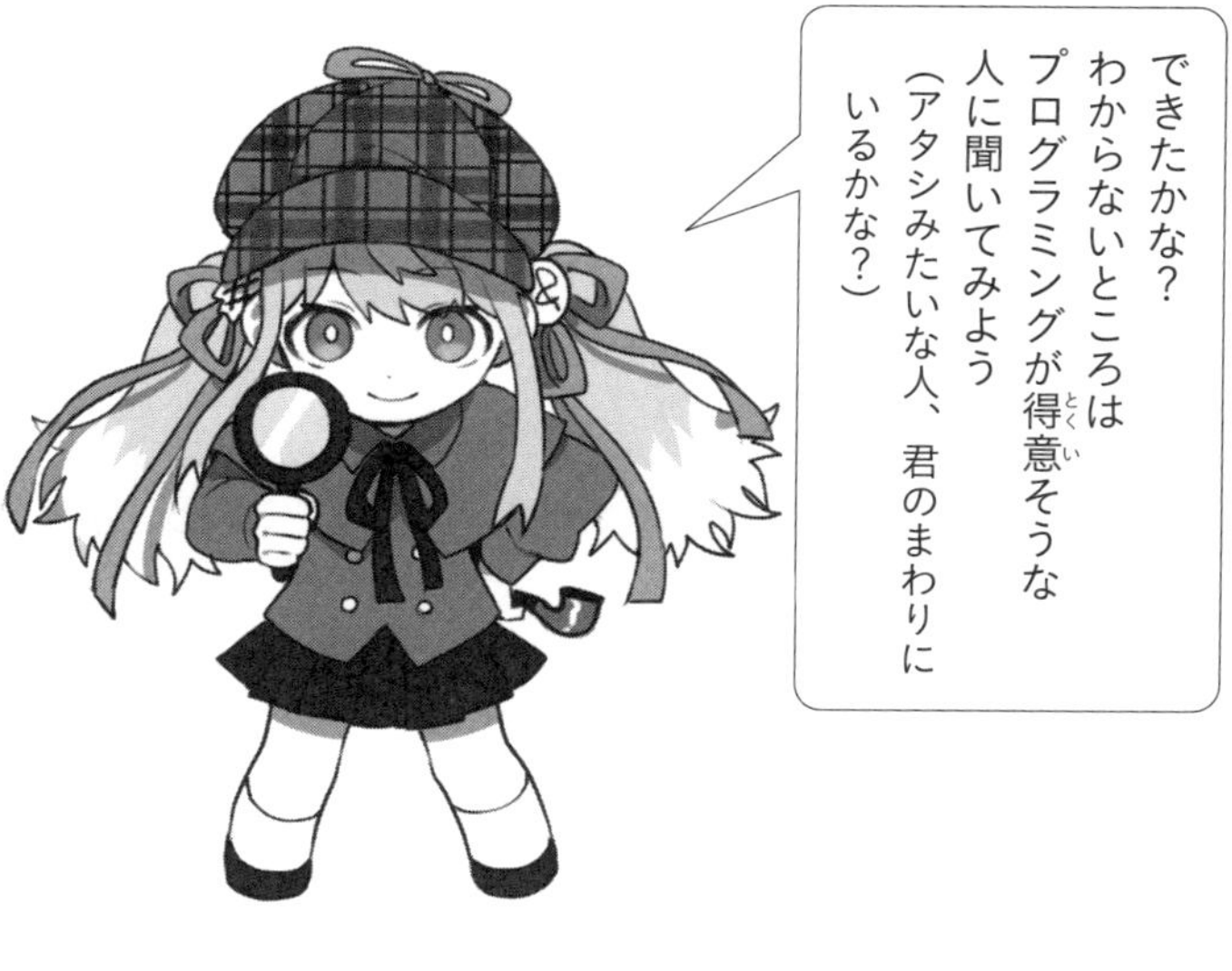

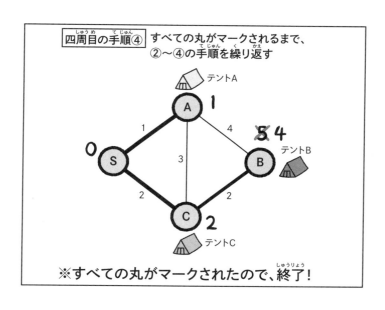

第一話「ストリーム・アルゴリズム」は、ナゾノベル『数は無限《むげん》の名《めい》探偵《たんてい》』に収録《しゅうろく》されたものに加筆《かひつ》。第二話「サーチ・アルゴリズム」、第三話「ダイクストラ・アルゴリズム」、「開《あ》かずの部屋、再《ふたた》び」は、書き下ろしです。

著　井上真偽（いのうえ・まぎ）

神奈川県出身。東京大学卒業。
2014年、『恋と禁忌の述語論理《プレディケット》』で第51回メフィスト賞を受賞し、デビュー。
代表作に、「その可能性はすでに考えた」シリーズ（講談社）、
『探偵が早すぎる』（講談社タイガ）、『アリアドネの声』（幻冬舎）、
「ぎんなみ商店街の事件簿」シリーズ（小学館）などがある。

絵　くろでこ

イラストレーター。児童書やライトノベルのイラストで活躍中。
代表作に、「あおいのヒミツ！」シリーズ（角川つばさ文庫）、
「芋くさ令嬢ですが悪役令息を助けたら気に入られました」シリーズ
（オーバラップノベルスf）などがある。

図版　倉本るみ
図版協力　マカベアキオ、iStock
装丁　川谷デザイン
校閲　深谷麻衣、野口高峰
（朝日新聞総合サービス 出版校閲部）
編集デスク　野村美絵
編集　河西久実

ナゾノベル

引《ひ》きこもり姉《ねえ》ちゃんのアルゴリズム推理《すいり》

2024年12月30日　第1刷発行

著者　井上真偽

絵　くろでこ

発行者　片桐圭子

発行所　朝日新聞出版
〒104-8011　東京都中央区築地5-3-2
電話　03-5541-8833（編集）
03-5540-7793（販売）

印刷所　大日本印刷株式会社

ISBN 978-4-02-332342-1

定価はカバーに表示してあります。
落丁・乱丁の場合は弊社業務部（03-5540-7800）へご連絡ください。
送料弊社負担にてお取り替えいたします。

ナゾノベル

スリル満点《まんてん》のホラーミステリー！

オカルト研究会《けんきゅうかい》シリーズ

著《ちょ》 緑川聖司《みどりかわせいじ》
絵《え》 水輿《みなこし》ゆい

「きみはいまから霊感少女《れいかんしょうじょ》になってくれ……」

天堂恭介《てんどうきょうすけ》
高校《こうこう》1年生《ねんせい》。体《からだ》も態度《たいど》もでかいオカルト研究会会長《けんきゅうかいかいちょう》。本人に霊感《れいかん》はないらしいが……。

霧島亜紀《きりしまあき》
借金《しゃっきん》のかたに「霊感少女《れいかんしょうじょ》」役《やく》を押《お》し付けられた女子中学生《じょしちゅうがくせい》。

幽霊《ゆうれい》トンネルで呪《のろ》われた友人《ゆうじん》の兄《あに》。そして、町《まち》で次々《つぎつぎ》と起《お》きる怪異《かいい》。霧島亜紀《きりしまあき》とオカルト研究会《けんきゅうかい》が解《と》き明《あ》かした驚愕《きょうがく》の真実《しんじつ》とは？

オカルト研究会《けんきゅうかい》と幽霊《ゆうれい》トンネル

中学《ちゅうがく》1年生《ねんせい》の霧島亜紀《きりしまあき》は、友達《ともだち》に誘《さそ》われて、ある廃屋《はいおく》に肝試《きもだめ》しに行《い》く。しかしそこはいわくつきの呪《のろ》いの家《いえ》で、メンバー全員《ぜんいん》が呪《のろ》われてしまった……。

オカルト研究会《けんきゅうかい》と呪《のろ》われた家《いえ》